Was ich Dir noch sagen möchte

Worte an mein verstorbenes Kind

Bianka mit k

In liebevoller und dankbarer
Erinnerung an meinen
wundervollen Sohn

♥

Impressum

Bibliografische Information der Deutschen Nationalbibliothek: Die Deutsche Nationalbibliothek verzeichnet diese Publikation in der Deutschen Nationalbibliografie; detaillierte bibliografische Daten sind im Internet über dnb.dnb.de abrufbar.

Verlag: BoD · Books on Demand GmbH, Überseering 33, 22297 Hamburg, bod@bod.de

Druck: Libri Plureos GmbH, Friedensallee 273, 22763 Hamburg

Coverbild erstellt mit Canva

ISBN: 978-3-7693-1031-3

Inhaltsverzeichnis

Vorwort

Wenn Dein Kind stirbt, stirbt
auch Deine Zukunft.

Die Natur hat es nicht so vorgesehen. Dass Kinder vor ihren Eltern sterben. Und dennoch passiert es immer wieder. Überall auf der Welt. Bei allen möglichen Lebewesen.

Manchmal liegen Geburt und Tod dicht beieinander. Es kündet sich ein Nachkömmling an und oft endet dieses Leben noch im Leib der Mutter, unmittelbar während oder nach der Geburt oder in der Kindheit.

Für Eltern werden die Kinder stets ihre Kinder bleiben, auch wenn diese selbst erwachsen geworden sind. Wenn das Kind vor den Eltern aus dem Leben scheidet, wird alles auf den Kopf gestellt, was man bisher für wahr und richtig gehalten hat. Es ist einer der schwersten Verluste, den Menschen verzeichnen können – auch wenn Verluste von geliebten Menschen nicht miteinander verglichen werden sollten.

Die Vorstellungen, Wünsche und Pläne für das Leben des Kindes haben mit einmal keine Zukunft mehr. Alles, was einem bleibt, sind Erinnerungen. An diesen möchten die verwaisten Eltern festhalten, während sie häufig gleichzeitig im Außen dazu angehalten werden, ihre Kinder doch *endlich loszulassen.* Der Umgang mit Trauernden bedarf Feingefühl, Rücksicht und Verständnis. Leider sind viele Menschen (noch) sehr unbeholfen in der Begegnung mit Trauernden, sprechen gutgemeinte Ratschläge aus, wollen den Trauernden aufmuntern und bloß nicht zu Tränen rühren. Dabei zeigt sich allerdings eher das eigene Unvermögen, diese schweren und tiefen Gefühle zu halten. Glücklicherweise verändert sich in unserer

Gesellschaft die Trauerkultur Stück für Stück und es entwickelt sich ein offenerer Umgang mit den Verlusten, die allgegenwärtig sind.

Denn eines ist uns allen sicher: Der Tod ist unumgänglich. Bei all den Dingen, die wir vermeintlich *müssen,* steht der Tod wohl auf Platz 1. Da macht es doch Sinn, sich damit zu beschäftigen und einen guten Zugang zu all den Themen zu finden, die damit einhergehen.

Jeder Mensch trauert auf eine eigene Weise. Und jeder Weg ist richtig. Kommt ein Mensch alleine nicht mehr gut in die Lebenskraft zurück, ist ein Netzwerk aus Hilfen vorhanden: Trauerhilfen, die Einzel- und/oder Gruppengespräche anbieten. Seminare, in denen der Trauer kreativ und gestalterisch Raum gegeben werden kann. Und Psychotherapeuten, die im Umgang mit Trauernden bewandt sind. Es gibt unzählige Angebote, die auf dem Weg durch und mit der Trauer helfen können.

Das eigene Leben geht noch weiter. Dafür wieder Mut und Kraft zu finden, ist anfangs nicht leicht. Doch ich bin mir sicher, dass es sich lohnt, die Trauer anzunehmen, ihr Raum zu geben und alles fließen zu lassen, was an Gefühlen aufkommt.

Trauer ist gelebte Liebe.
Wo tiefe Trauer, da ist auch wahre Liebe.

Diese Worte fand ich sehr heilsam, denn sie ermutigen dazu, sich der Trauer zuzuwenden, weil darin ganz viel Liebe für den Verstorbenen verborgen liegt. Die Verbindung bleibt über den Tod hinaus bestehen, auch wenn sie nicht immer spürbar zu sein scheint. Doch jede Träne, die in Trauer fließen darf, ist Liebe, die Form angenommen hat.

Am 14.August 2015 starb mein erster Sohn im Alter von drei Jahren an einer schweren Krebserkrankung. Sein halbes junges Leben hatte er einem riesigen Tumor in seinem Bauch den Kampf angesagt. Schon während seiner Therapiezeit schrieb ich einiges auf, allerdings umfasste dies mehr die Notizen, die nach und nach ein Kliniktagebuch füllten. Wie ich diese Zeit empfunden habe, was das alles mit mir gemacht hat – das habe ich tatsächlich erst nach seinem Tod in Worte gefasst. Dazu gab mir eine Trauerhilfe noch einmal den nötigen Anstoß, denn sie spürte in den Gesprächen, wie viel ich über ihn erzählen möchte. Im Trauerjahr begann ich zunächst in einem schönen Notizbuch mit einem Füller alles aufzuschreiben, was in mir vorging. Was ich meinem Sohn gerne sagen wollte. Welche *Zufälle* ich wieder erlebte. Doch es ebbte irgendwann ab.

Ende 2017, nach einer Fehlgeburt, kam schließlich der Impuls zum Schreiben wieder und mit meinem jetzigen Mann richtete ich meinen Blog ein, auf dem ich seit Anfang 2018 regelmäßig über mein Erleben schreibe. Es diente mir in den Jahren als Ventil für all die Gedanken, die mir durch den Kopf schwirrten. Es ist mein Ausgleich. Meine Stärke. Und es wirkt ungemein therapeutisch auf mein seelisches Befinden, denn Spannungszustände aufgrund von Gedankenkreisen kann ich durch das Schreiben effektiv abbauen.

Meinem verstorbenen Sohn widmete ich in den Jahren nach seinem Tod einige Texte. Persönlich an ihn gerichtet. Ich möchte sie nun noch einmal als kleine Sammlung in die Welt hinauslassen. Damit etwas bleibt. Von ihm. Und von mir.

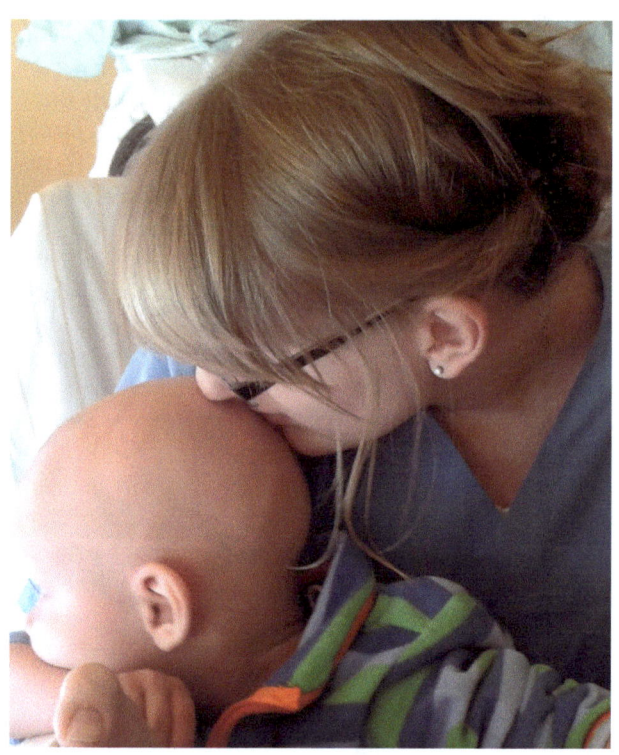

6.Juni 2018

Du hast diesen drei Jahren Deines Lebens so viel Leben gegeben.

Mein Kind. Du hast heute Geburtstag. Heute ist es also sechs Jahre her, als Du das Licht der Welt erblickt hast. Es war einer der schönsten Momente in meinem bisherigen Leben, als ich Dich das erste Mal sah und in den Armen halten konnte.

Du hast Dich damals einfach in unser Leben geschlichen, ganz unerwartet. Bis ich verstanden hatte, dass Du mir diese körperlichen und seelischen Befindlichkeiten bereitest, verging ein wenig Zeit. Nachdem der erste Schock über den Schwangerschaftstest und die darauffolgende Ultraschalluntersuchung überwunden war, habe ich mich einfach nur noch gefreut. Es war so ein Abenteuer. Dass Du da in meinem Bauch heranwachsen darfst. Dass ich Dich nicht nur unter, sondern auch in meinem Herzen tragen darf. Ja… ich sage bewusst „darf". Denn Du warst für mich ein

Wunder und bist es auch heute noch. Wenn ein Kind entsteht, ist es ein Wunder. Für mich jedenfalls.

Deine Mutter sein zu dürfen, ist eine große Ehre. Besonders heute. Wo sich Dein Geburtstag jährt. Der Tag, an dem sich unser Leben schlagartig änderte. Eine Umstellung des bisherigen Lebens… aber eine schöne. Du warst ein gesundes, prächtig wachsendes und bildhübsches Baby, später Kleinkind. Wie stolz ich war, wenn Du wieder neue Dinge gelernt hast, wieder eine neue Fähigkeit hinzugewonnen hast. Wie glücklich und zufrieden war ich, bis in jede kleinste Ecke meines Körpers, wenn wir gemeinsam lachten. Wenn Du „Mama" sagtest. Wenn Du Deinen kleinen, warmen, zarten Körper an meinen gekuschelt hast. So innig, so schön, so ehrlich, so unendlich.

Unendlich. Genau. Unendlich ist die Liebe, die ich für Dich spüre.

Deinen Geburtstag vor drei Jahren haben wir noch schön gefeiert, mit Familie und Freunden. Du warst so aufgeregt… die vielen Geschenke, die Kinder, die mit Dir spielten. Nach diesem – für Dein bis dato kurzes Leben – langen Kampf gegen den bösen Krebs in Deinem Bauch und viel Zeit in Kliniken, hattest Du Dir diese Geburtstagsfeier mehr als verdient. Zu diesem Zeitpunkt stand für Dich und uns schon ein neuer Lebensabschnitt bevor – Kindergarten, Rückkehr in den Beruf. Wir freuten uns darauf und Du wolltest so gerne in den Kindergarten. Dass der böse Begleiter in Deinem kleinen Bauch kurze Zeit später wieder da sein würde, ahnten wir nicht. Er kam mit voller Wucht zurück und ließ Dir keine Chance, noch einmal den Kampf gegen ihn aufzunehmen. Du warst noch so klein. Konntest das alles noch gar nicht ganz verstehen, was da mit Dir passierte. Aber ich spürte, dass du ein gesundes Gefühl für Dich und Deinen Körper hattest. Dass Du wusstest, wo Deine Grenzen waren. „Alles gut Mama", sagtest Du mir und spieltest in meinen Haaren. Tränen, Gänsehaut. Du warst schon so weise… und voller Liebe.

Mit Dir, starb auch etwas in mir. Dennoch ist da so viel Liebe, so viel Stolz, so viele Freude, aber auch viel Traurigkeit und Schmerz. Du hast diesen drei Jahren Deines Lebens so viel Leben gegeben. Du hast mir unfassbar viel gegeben – Du kleiner, starker, bewundernswerter Mann. Wie gern hätte ich Dich bei mir. Jeden Tag. Jede Minute. Du fehlst mir. Unendlich.

Du bist nicht mehr hier. Deinen 6.Geburtstag feiern wir ohne Dich hier unter auf der Erde. Viele Menschen denken heute an Dich – jeder auf seine Weise. Ich werde mich an die vielen schönen Momente erinnern, Deine Lieblingslieder hören, Deine Lieblingsserie schauen, Deine liebsten Speisen zu mir nehmen. Es wird schön, lustig und bunt sein – doch wird es auch wehtun, wehmütig machen. An manchen Tagen fühlst Du Dich so nah an – etwas merkwürdig, aber dennoch schön für mich, wenn ich das Gefühl habe, Du bist irgendwie gerade bei mir. Ich denke an Dich. Jeden Tag. Ich vermisse dich. Jeden Tag. Ich liebe dich. Für immer.

Alles Gute zum Geburtstag, mein Engel!

Ich weiß du bist irgendwo da oben mit Elvis und Rio am Tanzen ohne Schuhe.

Bin mir sicher, du hast gut Gesellschaft und vor allem deine Ruhe.

Du hast mich schon ein paar Träume geschickt und ich hab' Lieder draus geschrieben.

Ja ich weiß, du bist jetzt für immer weg, aber das Beste von dir ist bei uns geblieben.

und irgendwann werden wir uns wiedersehen aber jetzt bin ich erstmal noch hier.

Und falls du sie triffst, dann grüß' doch bitte Elvis und die anderen von mir und sag:

Das Leben ist schön und die Sonne scheint sogar seit du weg bist, hin und wieder, und irgendwann hab' ich mich geschwor'n, ich schreib dir keine traurigen Lieder.

Sarah Lesch – Das Leben ist schön

14.August 2018

Du bist immer irgendwie da –
das spüre ich.

I'm blue – Ich bin traurig – eine oft verwendete Beschreibung in Songs. Ja. Auch ich kann sagen: *I'm feeling blue.* Mein Kind, ich fühle mich traurig. Immer mal wieder – wie jeder Mensch. Doch die Traurigkeit, wie nach Deinem Verlust, geht tief. Drei Jahre ohne Dich. Heute jährt es sich also wieder.

Puh. Wo sind die drei Jahre hin? Einstein hat mal gesagt: Zeit ist relativ. Fühlt sie sich einerseits so flüchtig an und schaue ich auf die drei Jahre zurück – was hat sich alles getan! Ich habe vieles hinter mir gelassen, neues dazu gewonnen. Oh und was ich für einen Gewinn gemacht habe. Wir sind uns ganz sicher: Du hast irgendwo da oben gesehen, dass dieser Mensch für mich gemacht ist und dazu beitragen wird, dass mein Leben – auch ohne Dich – wieder hell und schön wird. Und dann andererseits: Waren diese drei Jahre wie eine Ewigkeit ohne Dich. Du bist immer irgendwie da – das spüre ich. Doch was würde ich dafür geben, Dich bei mir zu haben… in diesem schönen, neuen Leben.

When the night is dark and lonely
And you've got no place to go
From your eyes tears are falling
The other side is calling
I'm the one who's left alone
And I still remember when you told me
You would never leave me on my own
Where are the ones I used to know
The mountain's falling all around me
The deep blue ocean overflows
The ground is shaking underneath me
In this spinning world without control
Oh though it's hard little sun
You have to know
When dark comes around
It's when you have to glow
Time is passing by
I just watch it go
But I'll be around
Even though I may not show
It's hard little sun
You have to know
When dark comes around
It's when you have to glow
Try to understand but I am in a haze
In this sorry world I only see your face
Time passing by I just watch it go
Don't you know I need your light
Don't you know I need you so
Darkness comes around, it's when you have to glow
Oh remember what you said, the promise that you gave
In the corners of my mind, the darkness hides
Don't you know I need your light
Don't you know I need you so
Try to understand, but I am in a haze
You're not alone, I will always stay

Blues Pills – Little Sun (Blues Pills, 2014)

16

14.Dezember 2018

Da erwacht immer mal wieder
der große Schmerz darüber,
dass Du wirklich nicht mehr da
bist.

Und da sind sie. Die Momente der Erinnerung.

Die, die gefühlt alles freisetzen, was mich mit Dir verbindet. Ein Lied. Ganz unerwartet. In einer endlos langen Liste aus Liedern hat mein Telefon dieses Lied heraus gesucht. *Dein* Lied. Und schon weiß ich nicht, ob ich lachen, ob ich weinen oder beides gleichzeitig machen soll.

Es mag die Weihnachtszeit sein, die noch wehmütiger macht. So geht es vielen Trauernden. Das Fest der Familie. Das Fest der Liebe und des Beisammenseins. So wunderbar märchenbuchmäßig, wie es uns oft die Werbung suggeriert, ist es für viele nicht mehr, die einen nahestehenden Menschen verloren haben. Die erste Zeit nach Deinem Tod konnte ich den Slogan „*Was wäre die Welt ohne Kinder*" einfach nicht mehr hören oder sehen.

Für mich hatte Weihnachten viel mehr Zauber, als ich das Leuchten in Deinen Augen sah, wenn wir alles dekorierten. Wenn Du ganz aufgeregt die Weihnachtsgeschenke auspackt hast. Gemeinsames Keksebacken. All das hat auch mir wieder mehr Freude bereitet, als Deine kleinen Hände mit dazwischen wuselten.

Dies wird mein drittes Weihnachtsfest ohne Dich. Zumindest, ohne, dass ich Dich sehe, rieche, höre und fühle. Solche *Zufälle*, wie vorhin. Beim Keksebacken. Als *Dein* Lied plötzlich ertönte. So etwas bereitet mir Gänsehaut und zugleich ein wohlig warmes Gefühl in der Herzgegend. Irgendwie warst Du in diesem Moment da. Aus diesem Grund fing ich auch direkt an zu tanzen. Mit Dir in meinem Herzen. Und Deinem Geschwisterkind momentan noch unter meinem Herzen. Ja, diese Schwangerschaft trägt auch zu einem verstärkten Wechselbad der Gefühle bei. Während ich einerseits vor Glück platzen könnte, bin ich andererseits wehmütig. Da erwacht immer mal wieder der große Schmerz darüber, dass Du wirklich nicht mehr da bist. Dass wir so einen schönen, aber auch unfassbar schweren Weg gemeinsam gegangen sind. Dass das alles eigentlich gar kein Spaziergang war, Dich durch diese Therapie und beim Sterben zu begleiten.

Darüber hinaus bin ich dankbar für die feinen Antennen, die mich spüren lassen, wenn Du irgendwie da bist. Die warme und strahlende Sonne auf unserer Hochzeit – die hast ganz sicher Du uns geschickt. Diese feinen Antennen habe ich immer mehr wahrgenommen, seit Du nicht mehr hier bist.

So schwer die feinen Rezeptoren mir manchmal auch den Alltag machen – in dieser Schwangerschaft weiß ich sie unheimlich zu schätzen. Aus diesen ganzen schweren Zeiten in der Vergangenheit und auch aus den durchwachsenen letzten Wochen weiß ich die guten Zeiten sehr zu schätzen. Die friedlichen Momente, in denen sich die Ruhe als angenehme Wärme im Herzen ausbreitet. Wenn die Erkenntnis in mir hell wird und ich spüre, dass ich nicht viel brauche, um im Leben glücklich zu sein. Ich erkenne immer mehr, welch ein großes Geschenk ich aus Deinem Verlust mitnehmen durfte. Ich bin so dankbar, besonders jetzt zur Weihnachtszeit.

Dein kleiner musikalischer Gruß hat mich erreicht –
tief im Herzen. ♥

Danke mein Sohn!

Baby, let me be your lovin' teddy bear
Put a chain around my neck
And lead me anywhere
Oh, let me be (oh, let him be)
Your teddy bear

Elvis Presley – (Let me be your) Teddy Bear (Lovin'you, 1957)

9.Dezember 2019

Du bist immer irgendwie da –
das spüre ich.

Ach mein Kind. Nach 4,5 Jahren ohne Dich spüre ich tatsächlich wieder ordentlich Schmerz. Sehnsucht. Ich bin traurig. Und glücklich. Beides zugleich. Emotionaler Wackelpudding.

Warum? Weihnachtszeit. Im letzten Jahr, mit Deinem Bruder im Bauch, habe ich das recht gut hinbekommen – ich schätze, es überwog die Vorfreude auf den kleinen Kerl, den Du uns da geschickt hast. Doch in diesem Jahr, im aktiven Mama-Dasein angekommen, mit all den Freuden, Sorgen, durchwachten Nächten, intensiven Tagen… da spüre ich es wieder deutlicher, was für eine große Lücke Du kleiner Mensch hinterlassen hast.

Gerade erst, als ich dachte, ich komme gut zurecht. Tja, genau da erwischt es mich – eiskalt. Im Supermarkt. Ein Holzbagger, drapiert mit

Weihnachtsschokolade. Ich spürte eine kleine Starre in mir, konnte mich kurz kaum bewegen und schnell schossen mir die Tränen in die Augen. Was hättest Du Dich darüber gefreut. Zumindest *damals* (klingt ja Ewigkeiten her). Bevor Du mit drei Jahren Dein Leben verloren hast, waren Bagger ganz groß! Ich hatte aufgehört zu zählen, wie viele Fahrzeuge am Ende um Dich herum standen. Du hattest Deinen ganz eigenen Fuhrpark. Die ersten davon hast Du zu Deinem zweiten Weihnachtsfest mit 1,5 Jahren bekommen. Ich weiß noch, wie aufgeregt Du das Geschenk mit meiner Hilfe ausgepackt hast und wie groß die Freude war. Durch Dich hatte ich umfangreiches Baustellen-Fahrzeug-Wissen. Kenne noch heute den Unterschied zwischen Radlader, Baggerlader und Frontlader.

Dort, im Supermarkt, schoss mir direkt die Frage in den Kopf: *Würdest Du heute auch noch Bagger lieben? Wäre Elvis noch so angesagt bei Dir?...*

Das ist immer wieder seltsam. Denn in meiner Erinnerung bist Du klein. Drei Jahre alt. Ich kann mir nur versuchen auszumalen, wie Du heute aussehen könntest. Ich gebe es schnell auf. Wärst Du noch da... wer weiß, ob all das jetzt auch da wäre. Mein neuer Mann. Dein kleiner Bruder...

Diese doofe Rechnung. Die geht nicht auf.. soll sie auch nicht. Alles ist so gekommen, wie es kommen sollte. Blöd, dass Du da oben auf Deiner Wolke sitzt und nicht mit uns hier unten Baum schmücken und Plätzchen backen kannst. Voll blöd. Richtig blöd. Menno.

Doch wenn ich Deinen Bruder so betrachte, der doch gewisse Ähnlichkeiten zu Dir aufweist, frage ich mich manchmal, ob Du nicht gerade ganz nah bist. Mir nochmal zeigen möchtest, wie wundervoll so ein kleiner Mensch das Leben bereichert. Wie erfüllend es ist, Mama sein zu dürfen. Wie es sich lohnt, diesen Schmerz über Deinen Verlust auszuhalten, weil das Leben mit Deinem Bruder so viel Freude bringt. Mir kommt es oft so vor, als hättest Du irgendwie Einfluss auf einiges genommen. Vermutlich bin ich es selbst gewesen. Eigene Impulse. Vielleicht möchte ich diesen Gedanken für mich auch einfach als Linderung bewahren, dass Du da bist. Irgendwie. Spürbar durch bestimmte Wendungen in meinem Leben.

Dass vieles jetzt so rund läuft, finde ich manchmal schon sehr gruselig. Dass Begegnungen im Leben entstehen, die passender nicht sein könnten – das kann manchmal kein Zufall sein. Da frage ich mich tatsächlich, ob Du nicht doch schaust, dass es Deiner Mama gut geht und Deine kleinen Hände mit im Spiel hast. Wenn es so ist – Danke mein Kind!

Dein Verlust hat mich auf gewisse Weise ärmer gemacht. Um Dich, als wunderbaren, kleinen tapferen Menschen. Was hätten wir noch für Freude gehabt. Was hätten wir noch alles gemeinsam erlebt. Doch andererseits bin ich dadurch auch so viel reicher geworden. Es hat mich emotional stärker und sanfter zugleich gemacht. Es hat mir den Weg zu mir geebnet. Nun weiß ich viel mehr, wer ich bin. Wer weiß, ob ich diesen Weg gegangen wäre.. wer weiß.

Ich vergesse Dich nicht. Oh nein – wie könnte ich? Ich hatte immer große Angst davor. Sicherlich, einiges verblasst mit der Zeit. Schafft Platz für neue Erinnerungen. Gut so! Vieles ist dennoch oft präsent. Noch. Kürzlich dachte ich erst wieder daran, dass es diesen Dezember tatsächlich schon fünf Jahre her ist, seit Du Deine tägliche Bestrahlung über Dich ergehen lassen musstest. Gerade erst von der wochenlangen Intensivtherapie aus der entfernten Klinik nach Hause gekommen – schon ging der Kampf gegen diesen aggressiven Tumor weiter. Es war ein Marathon. Ein Therapiemodul nach dem anderen. Kaum Verschnaufpausen. Doch es war Normalität zu der Zeit. Heute frage ich mich, wie wir das alles geschafft haben. Vor allem Du. Soviel musstest Du aushalten. Und du hast Dich tapfer geschlagen! Ich bin stolz auf Dich und habe meinen größten Respekt vor Dir und Deiner Stärke.

Jetzt, wo es wieder besinnlich wird. Wir hier so mit Deinem kleinen Bruder vorm Weihnachtsbaum sitzen. Da fehlst Du wieder enorm. In unserer Mitte. Du hättest in dieses *neue* Leben wundervoll gepasst. Ich bin traurig, dass Du nur so ein kurzes Leben haben durftest. Dass Du nur drei Weihnachtsfeste miterleben durftest. Was wärst Du mir heute für ein große Plätzchen-Back-und-Teignasch-Hilfe.

Ich vermisse Dich unendlich, mein Sohn.

23.März 2020

Es erinnert mich an die Zeit mit
Dir.. als Du so klein warst.

In den letzten Tagen denke ich wieder öfter an Dich. Mein kleiner großer Sohn, da oben auf Deiner Wolke. So oft scheint derzeit die Sonne – was so gut tut. Und wenn ich so im Zimmer Deines kleinen Bruders sitze und aus dem Fenster in den Himmel schaue, sehe ich die weißen, flauschigen Wolken vorbeiziehen.. und frage mich manchmal, ob Du vielleicht auf einer sitzt und uns zuwinkst.

So viele Momente, die mich zur Zeit an Dich erinnern.

Wie Dein Bruder so in Deinen Unterhosen vor mir steht. Seine Statur gleicht Deiner, als Du in diesem Alter warst. Auch Du warst ein starkes Baby. Es erinnert mich an die Zeit mit Dir.. als Du so klein warst. Einiges war ähnlich. Doch vieles auch anders. Du warst mein erstes Kind. Ich war noch recht jung.

31

Und unerfahren. Wusste noch nicht so viel über mich. Dinge, die ich heute anders sehe. Dinge, die mir helfen, mich besser zu verstehen. Und auch Deinen Bruder. Ich erinnere mich nicht mehr an alles aus Deiner Babyzeit. Ich weiß nur: Auch da habe ich wenig Schlaf abbekommen. Auch da habe ich mich ganz schön hinten angestellt und oft ziemlich vergessen. Musste mit Müh und Not mein Gewicht halten. So sensible Kinder zu haben, die mich so sehr brauchen, zerrt enorm an meinem Körper. Nun weiß ich: Ich muss mehr auf mich achten. Doch es umzusetzen, fällt mir dennoch sehr schwer.

Mein Körper sendet auch heute wieder eindeutige Signale. Wie damals bei Dir. Mein Magen streikt immer wieder. Ich habe mit Bauchschmerzen zu tun. Mein Rücken und meine Knie tun weh. Ich *trage* viel. Verantwortung. Liebe. Erinnerungen. Ängste.

Ich blicke in den Spiegel. Sehe müde Augen. Dunkle Ringe darunter. Blasse, unreine Haut im Gesicht. Wüstes Haar. Meine Haut ist trocken und juckt – eine Herausforderung mit Hochsensibilität. Ich fühle mich unwohl. Wie schon lange nicht mehr. Ich habe keine Zeit, mich in Ruhe zu pflegen. *Sie kommt wieder, die Zeit dafür* – denke ich. Vielleicht ist das alles nicht so wichtig.

Ich schaue in die Wohnung. Sehe die Unordnung. Das schmutzige Geschirr. Das Spielzeug und die Kartons überall. Mein hochsensibler Blick kann das manchmal nicht ertragen. Wie gerne, würde ich alles mal wieder *in Ruhe* aufräumen und saubermachen. Es fällt mir noch oft schwer, das alles so auszuhalten und zu relativieren. Mit Dir, damals, habe ich mir so viel Stress gemacht. Musste alles noch genauso laufen, wie vorher, als Du noch nicht da warst. Diese Einsicht zu haben, dass das eben alles nicht mehr so geht – und auch eigentlich nicht wichtig ist – die hatte ich damals noch nicht. Jetzt schon. Immer mehr. Denn Deinem kleinen Bruder ist es egal, ob es ordentlich und sauber ist. Doch an mir nagt das Selbstwertgefühl. *Das kriege ich also auch nicht hin.*

Genau so waren die Gedanken auch gestern wieder. Mein Blick war nur auf das gerichtet, was nicht klappt. Was ich nicht hinbekomme und gut mache. Die Nacht zuvor war sehr anstrengend für mich und ich hatte eigentlich kaum Energie für den Tag. Dennoch wollte ich mal wieder backen. Hefezopf. Den habe ich immer gut hinbekommen. Doch seitdem Dein Bruder da ist, werden Hefe und ich offenbar keine Freunde mehr. Kurzum: Es ist nix geworden. Und das hat mich enorm heruntergezogen. Gerade in der aktuellen Situation – wo Mehl und Hefe ständig vergriffen sind – und mit dem schmerzlichen Blick, dass wir da nun zwei Hefezöpfe für den Müll produziert haben.. da konnte ich mich kaum noch an etwas erfreuen. Immer nur dachte ich daran, dass ich nicht mal mehr das hinbekome. Etwas zu backen. Was mir doch sonst so leicht von der Hand ging. Auch die Worte vom Herzmenschen, dass ich mit diesem Schlafmangel aber nicht mehr das Pensum halten kann, wie zuvor.. besänftigten mich nur wenig. *Ich habe versagt* – drehte es sich in meinem Kopf. Der gestrige Tag war durch und durch.. doof. Gut, gehört eben dazu.

Kenne ich ja auch noch aus der Zeit mit Dir. Auch Du hattest schlechte Tage, die ich versuchte, so gut es ging zu begleiten und auszuhalten. Jeder hat eben mal schlechte Laune oder einen doofen Tag, wo nix funktionieren will. Vor allem in Deiner Therapiezeit, unter so harten Medikamenten, waren viele viele durchwachsene Tage dabei, die an Deinen und meinen Nerven zerrten.

Auch Dein kleiner Bruder hat solche Tage. Zur Zeit mal wieder mehr. Vermutlich entwickelt er sich weiter. Das sehe ich daran, was er nun alles *neu kann*. Wo er immer mehr versteht und direkter kommuniziert. Das alles bewegt diesen kleinen Menschen und macht unsicher. Er ist oft überfordert mit den ganzen Eindrücken und braucht die Regulation durch mich und seinen Papa. Und wenn ich dann diese Wut, die Trauer, den Schmerz, die da so durch seinen Körper fließt, einfach nur mit trage. Ohne viel zu sagen oder zu tun. Und er sich mit einmal beruhigt.. weil er alles rauslassen durfte. Dann bin ich froh und stolz. Wenn auch erschöpft. Da es viel von mir abverlangt. Denn es sind nicht meine Emotionen – das muss ich mir Hochsensibelchen in solchen Momenten immer wieder sagen.

Und dann ist wieder alles gut. Und wir laufen durch die Wohnung. Dein kleiner Bruder hat den Staubsauger entdeckt. Du mochtest ihn damals gerne. Hast Dir sogar zum 3.Geburtstag ganz bewusst selbst einen gewünscht. Da denke ich kurz daran. Und wie

Dein Bruder so mit dem großen Staubsaugerschlauch loszieht, ich mit dem schweren Teil hinterherlaufe.. da sehe ich Dich wieder. Wie Du auf der Kinderstation mit dem Puppenwagen über den Flur eilst. Ich hinterher, mit Deinen Infusionsständer im Schlepptau.

Dann werde ich traurig. Wehmütig. Du fehlst. Wie schön wäre es, Dich hier zu haben. Dich mit Deinem Bruder spielen zu sehen. Du hättest Dich sicher toll um ihn gekümmert. Doch ich bin auch dankbar. Dass ich diese Zeit mit Dir hatte. Die sich irgendwie, in anderer Form, wiederholt. Die mich zwar fordert und an mir zweifeln lässt – Tag und Nacht. Doch die mich auch erfüllt und glücklich macht. Denn sie ist kostbar. So so kostbar. Und kommt nicht wieder. Das weiß ich, dank Dir, noch mehr.

Dann sind die Unordnung und die zauseligen Haare auch nicht mehr wichtig.

5.Juni 2020

Ich lese Deine Wortschätze und lächele. Denn ich habe deine Stimme dabei im Ohr.

Fusseln (puzzeln). Sockonade (Schokolade). Radnader (Radlader). Poffelhei (Kartoffelbrei). Siek (Musik). Dumme Tiefel (Gummistiefel). Hiekhöte (Schildkröte). Nanehatt (Bananensaft). Paffee (Kaffee). Tehts (Keks). Belb (gelb). Nina (lila). Ransch (orange). Pamewa (Kamera). Nume (Blume). Ahbärn (Erdbeeren). Piwi (Kiwi). Minnepudding (Vanillepudding). Hetoson (Telefon). Hartig (fertig).

Hietnatz (Spielplatz).

Deine Wortschätze. Ich habe sie mir damals notiert, da sie so speziell und eigen waren. Sie waren Deins. Ich lese sie heute. Nach acht Jahren, als Du das Licht der Welt erblickt hast. Nach knapp fünf Jahren, als Dein Licht wieder erloschen war.

Ich lese Deine Wortschätze und lächele. Denn ich habe deine Stimme dabei im Ohr. Sehe Dein Gesicht, wie es sich beim Sprechen mitbewegte. Ein paar Worte auf Papier und Du bist direkt wieder ganz nah. Ich sehe Dich vor mir herumtapsen. Dein kleines dreijähriges Ich. So behalte ich Dich in Erinnerung.

Heute also, vor acht Jahren, bist Du auf diese Welt gekommen. Hast mich zum ersten Mal zur Mutter gemacht. Du hast viel verändert. In mir. In den Menschen, die mit uns in Verbindung standen. Bei einigen bewegte sich mehr, bei anderen weniger. Mir hast Du ermöglicht, das zu erkennen. Alles um mich herum bewusster wahrzunehmen. Besonders in der Zeit, als Dein schwerer und gemeiner Begleiter gefunden und bekämpft wurde. Du hattest eine harte Aufgabe in Deinem jungen Leben. Es war eine riesige Herausforderung, dich dabei zu begleiten. Doch tat ich es gern. Angetrieben von der unendlichen bedingungslosen Liebe für Dich. Die bis heute und vermutlich alle Ewigkeit anhält.

Ich bin so stolz auf Dich. Du hast mir eine Stärke gezeigt, die ich in diesem Ausmaß vorher nicht gesehen habe. In Dir und in mir. Du hast mir die Welt mit Deinen Augen gezeigt und mich damit reicher gemacht. Hatte ich dafür doch fast den Blick verloren in meinem *getriebenen Erwachsenendasein.*

Ich sitze hier. Einen Tag vor Deinem achten Geburtstag. Mit Deinem kleinen Bruder schlafend an meiner Seite. Mit Tränen in den Augen. Mit unendlicher Sehnsucht im Herzen. Du bist so fern und doch wieder so nah. Deine Geburt ist mir so präsent, auch weil gerade erst die Deines Bruders Revue passierte. Weil gerade erst eine kleine Geburt hinter mir liegt... Ich bin emotionaler Wackelpudding. Dieser Gedanke, dass Du mir deinen kleinen Bruder geschickt hast, lässt mich mal wieder nicht los. Denn alles, was in den letzten Tagen und Wochen passierte, ergibt immer wieder Sinn für mich. Vor acht Jahren, als du geboren wurdest, als ich Mutter wurde, begann diese Reise. Diese Reise, die mich immer weiter in mein Innerstes führt. Zu mir hin. Ich verabschiede mich immer mehr von alten Gewohnheiten und Programmen, die mich so viele Jahre gequält haben. Ich rücke mein Befinden immer mehr in den Fokus und versuche dafür einzustehen. Ohne schlechtes Gewissen. Ohne mich anderen gegenüber schlecht und verantwortlich zu fühlen. Doch es gelingt mir noch nicht ganz. So wie heute – treibt es mich in ein Meer aus Tränen. Denn ich bin dünnhäutig. Wegen der Müdigkeit. Wegen der Erschöpfung. Wegen der vielen Liebe in meinem Herzen. Wegen der Sehnsucht.

Deinen achten Geburtstag *feiere* ich wieder anders. Jeder weitere Deiner Geburtstage ohne Dich verläuft in einem anderen Rahmen. Und das ist okay. Meine anfänglichen Rituale fühlen sich nicht mehr richtig für mich an. Ich feiere Dich nicht mehr in großen Taten, sondern im Herzen und mit Worten. Und das ist okay. Alles ist genau richtig, wenn ich aus meinem Herzen heraus handele. Und dort bist Du. Da ist Dein kleiner Bruder. Da ist mein Herzmensch. Und da sind andere liebe Menschen. Alle teilen sich diesen Platz in meiner Brust. Was bin ich doch reich.

Happy Birthday, mein großer Junge auf Deiner Wolke.

In unendlicher Liebe

Deine Mama

22.Juni 2020

Denn nur eines war wichtig:
Dass du glücklich sein durftest.

Dass es Dir an nichts fehlte.
Dass du geborgen warst.

Bis zu Deinem letzten Atemzug.

Heute vor genau fünf Jahren. Auch dort war es ein Montag. Ihm ging ein Wochenende voraus, an dem ich bemerkte, wie es Dir zunehmend schlechter ging.

Du hattest erst rund zwei Wochen zuvor Deinen letzten Krankenhausaufenthalt hinter Dich gebracht. Wir sind am Abend Deines 3.Geburtstag noch in die Klinik gefahren, da Du schon den ganzen Tag immer wieder gefiebert hast. Deine Party hast Du gut mitgemacht, obwohl Du angeschlagen warst. Das Fieber begann erst in der Nacht zu Deinem Geburtstag – wir hätten es nicht geschafft, den vielen Gästen rechtzeitig abzusagen. Du warst gut drauf und hast all Deine Geschenke mit Freude empfangen. Doch war ich immerzu dabei, Dich im Auge zu behalten. Wir fuhren also mit Dir am Abend in die Klinik und Du durftest das Zimmer für eine knappe Woche beziehen. Antibiotika waren die Antwort auf das Fieber. Als sich noch Durchfall entwickelte und dieser positiv auf Clostridien getestet wurde, war die vermeintliche Erklärung für das Fieber gefunden. Doch die Stationsärztin war skeptisch – Clostridien brächen nur aus, wenn der Körper bereits durch eine andere Erkrankung geschwächt wäre. Wir vermuteten dabei Deinen zentralen Zugang, der eventuell

45

infiziert sein könnte. Dieser sollte eh in den kommenden Wochen entfernt werden – so der Plan. Das Fieber ging runter, der Durchfall verschwand. Zu meinem 26.Geburtstag durften wir Dich wieder mit heim nehmen.

Doch an diesem besagten Wochenende, vor dem 22.Juni 2015. Da sah ich, wie es Dir immer schlechter ging. Es war schwül-heißes Wetter und wir waren alle sehr träge. An diesem Sonntag hatte ich noch einen kurzen Ausflug vor mir: Probearbeit für meine geplante neue Arbeitsstelle. Denn alles stand in den Startlöchern: Dein Kindergartenplatz war gesichert – und Du hattest Dich schon so darauf gefreut. Ich wollte wieder einige Stunden arbeiten gehen, um unsere Familie zum Großteil finanziell zu tragen. Ich fuhr, mit komischem Gefühl über Dein Befinden, zu diesem Termin. Zwei Stunden war ich dort, um mir einen Einblick zu verschaffen. Als ich wieder nach Hause kam, sah ich deutlich, wie schlecht es Dir ging. Du hast schwer geatmet, wolltest nicht von meinem Schoß herunter und hattest kaum Kraft. Ich rief auf der Kinderstation an, schilderte Dein Befinden und wir durften umgehend mit Dir kommen.

Ich hatte bereits ein Gefühl, dass es nichts *einfaches* sein würde. Als Du vom Oberarzt abgehorcht wurdest, fiel ihm direkt auf, dass eine Deiner Lungen schlecht belüftet war. Er veranlasste sofort ein Röntgentermin. Ausnahmsweise durfte Dein Vater Dich bei der Behandlung unterstützen, da ich im Laufe Deiner Therapie bereits vielen Strahlungen

46

ausgesetzt war. Ich stand also im Nebenraum und konnte sofort die Bilder Deiner Lunge sehen: Über die Hälfte Deines rechten Lungenflügels war schwarz. Ich wusste sofort: Du hast Flüssigkeit in der Lunge. Pleuraerguss. Der Oberarzt bestätigte dies kurze Zeit später. *Wir werden punktieren. Wenn es Eiter ist, ist es gut. Wenn es Blut ist, dann ist das schlecht.*

Es ging alles so rasant. Ich war erstaunt und so dankbar. Viele viele Wochenenden haben wir dort verbracht und manchmal fiel es schwer, die zähen Tage, an denen nicht viel passierte, herum zu bekommen. Aber dieses Mal ging alles Schlag auf Schlag. Ich war dem Oberarzt einfach nur dankbar, dass er Deinen Zustand so ernst nahm.

Die Punktion hast Du so tapfer gemeistert. Wie viel Erfahrung Du einfach schon mit diesen ganzen Nadeln sammeln musstest.. keine schöne Normalität für ein kleines Kind. Doch für Dich, für uns, war es das. Du hast Dich an mich gekuschelt, als der Oberarzt vorsichtig Deine Lunge punktierte. Und schon sahen wir es im Zylinder der Spritze: Blut. Nicht gut. Gar nicht gut.

Der Oberarzt sagte uns später noch, dass am nächsten Tag ein CT veranlasst wurde. Es fände direkt am Vormittag statt.

Ich kam wieder sehr früh in die Klinik. Du hattest eine recht gute Nacht mithilfe von Schmerzmitteln. Ich war so froh, dass Du die Nächte, nach einer gewissen Zeit der Therapie, allein auf Station ohne mich schaffen konntest. So ging ich heim, wenn Du eingeschlafen warst und kam am nächsten Morgen ausgeschlafen auf Station und war immer da, wenn Du wieder wach wurdest. Dein Vater kam an diesem Morgen etwas später hinterher. Nach dem Frühstück ging es direkt zum CT. Auch dort hast Du gezeigt, wie routiniert und tapfer Du mittlerweile diese Untersuchungen über Dich ergehen ließt. Allein lagst Du auf dieser großen Liege mit Deinem Eisbären und ich wartete vor der Tür. Ein großes Lob bekamst Du von den Mitarbeitern, weil Du so toll stillgehalten hast. Wir sollten noch einen Moment mit Dir dort warten, bis wir die Unterlagen mitbekämen.

Wir saßen also da. Inmitten von vielen anderen Patienten, die auf ihre Untersuchung warteten. Du kuscheltest Dich an mich und ich roch an Deinem Haar. Das weiche Haar, das nach einem halben Jahr schon wieder so schön nachgewachsen war. Ich sah die Chefärztin der Röntgenabteilung zum CT gehen. Sie ging in den Raum, in dem Du kurz zuvor warst.

Dann kam eine Situation, die ich wohl niemals vergessen werde: Sie kam mit ihrer Assistentin wieder heraus, ging an uns vorbei und grüßte mich kopfnickend. Mit besorgtem Gesicht. Dort ahnte ich schlimmes.

Einige Stunden vergingen nach der Untersuchung. Wir warteten schon ungeduldig auf die Ergebnisse. Du hast nach dem Mittagessen noch ein Schläfchen gemacht. Gegen 14Uhr war immer die Dienstübergabe der Ärzte. Danach würde wohl jemand zu uns kommen, so meine Vermutung. Gegen halb vier kam der Oberarzt zu uns ins Zimmer. Er war immer ruhig und besonnen – dafür bewunderte ich ihn vom ersten Tag an. Doch da.. da spürte ich die Schwere, die er mit in den Raum brachte. Einen Moment stand er da, angelehnt an den Waschtisch, schaute zu Dir. Dann begann er zu sprechen: *Ja, also der Tumor ist wieder da.* Pause. *Er ist enorm gewachsen. Durch das Zwerchfell, in den Brustraum hinein. Er hat offenbar die Pleura mit durchstoßen – daher das Blut.* Pause. *Auf dem Ultraschall vor zwei Wochen konnte ich davon nichts sehen, aber vermutlich war er dort schon wieder da.*

Stille. Du hast gerade nebenbei gespielt – glaube ich. Ich weiß es nicht mehr genau, da plötzlich alles um mich herum verschwamm. Ich spürte die Schwere in meiner Brust. Für einen Moment konnte ich nichts sagen. Dann schluckte ich und fragte, halb naiv, halb hoffnungsvoll, mit der eigentlichen Gewissheit, was dies nun für Dich bedeuten würde. Ich wusste es im Grunde, doch hätte ich es mir anders gewünscht.

Nun ja. Wir haben alles gegen diesen Tumor eingesetzt, was nach heutigem Stand machbar ist. Und das hat offensichtlich nicht dazu geführt, diesen Tumor zu beseitigen. Er wird voraussichtlich diese Therapie körperlich nicht nochmal schaffen. Wir haben keine Möglichkeiten mehr, ihn zu heilen.

Mir schossen Tränen in die Augen. Die Gewissheit, dass Du diesen langen Kampf verloren hattest.. die Gewissheit, Du würdest nun sterben.. brach über mich hinein.

Dein Vater fragte, wie lange Du noch leben würdest. Der Oberarzt konnte keine genaue Angabe dazu machen, außer die vage Vermutung, dass es noch ein paar Wochen sein könnten, bei dem rasanten Wachstum dieses Tumors.

Ich sah Dich an. So klein. So unschuldig. So zart. So niedlich und liebenswert. Das konnte alles nicht wahr sein! Warum musst ausgerechnet Du diese Bürde tragen? Warum konnte ich sie Dir nicht abnehmen? Lieber wäre ich gegangen, damit Du leben darfst. Du saßt dort, ganz lebendig, nichtsahnend (oder vielleicht doch?).. dieser kleine lebende Körper, diese kleine Seele, sollte bald nicht mehr da sein? Ich verlor das Gefühl für Zeit und Raum.

Die kommenden Tage auf Station waren schwer. Ich konnte kaum schlafen, weil ich Angst hatte, der Anruf von Station würde kommen. Ich hatte keinerlei Gefühl dafür, wie lange wir Dich noch in unserer Mitte haben würden. Sehr früh waren wir immer da, bevor du aufgewacht bist. Sonst kam ich all die Monate allein so früh zu Dir – nun stand auch Dein Vater so früh mit auf. Dir ging es insgesamt in den nächsten Tagen besser, hattest Kraft schöpfen können. Und einfach nur Wahnsinn, wie Du Dich mit all diesen Beschwerden in Deinem Körper arrangiert hattest. Immer wieder schossen mir die Tränen in die Augen, weil ich einfach nicht fassen konnte, dass Dein kleiner, warmer, weicher Körper irgendwann erkalten würde. Dass ich Dich nicht mehr so nah an mir dran haben könnte. Dich nicht mehr lachen, nicht mehr sprechen, nicht mehr aufwachsen sehen würde..

Die Ärzte boten noch eine Option an, um eventuell Dein Leben zu verlängern. Antikörper Therapie. Experimentell. Über 500km weit weg. Die Klinik hätte uns aufgenommen. Doch wir wollten das nicht. In Deinem Zustand so weit zu fahren. Die ganze Zeit in einer weit entfernten Klinik zu bleiben.. um *vielleicht* noch etwas Lebenszeit herauszubekommen. Nein, das war keine Option mehr für uns. Du solltest die letzte Zeit so verbringen, wie Du sie Dir vorstellst. Frei von Klinikumgebung. Daheim, im gewohnten Umfeld, mit allem was Dir lieb war. Denn Du hattest so viel Zeit in Kliniken verbracht, das sollte Dir ab dann erspart bleiben.

Der Oberarzt vermittelte uns an die ambulante Palliativpflege, in der er selbst tätig war. Einmal die Woche kamen sie zur Visite zu uns nach Hause, versorgten Deinen Zugang und stellten Rezepte aus. Es lief reibungslos und wir fühlten uns gut unterstützt.

Dieser Sommer vor fünf Jahren war so unsagbar heiß. Tagsüber blieben wir überwiegend in der abgedunkelten Wohnung, trauten uns nur bei halbwegs milden Temperaturen oder abends mit Dir heraus. Unsere Routine, unser Alltag – wir ließen alles irgendwie schleifen und gestalteten es uns locker.

Denn nur eins war wichtig: Dass du glücklich sein durftest. Dass es Dir an nichts fehlte. Dass du geborgen warst. Bis zu Deinem letzten Atemzug.

Seitdem stehe ich diesen heißen Sommertagen noch kritischer gegenüber. Diese warme Luft.. der Geruch von heißen Fassaden und Straßen.. es versetzt mich immer noch ab und an in diese Zeit vor fünf Jahren.

In die Zeit des für mich schlimmsten Sommers in meinem bisherigen Leben.

Denn dort ging Deine Sonne unter. Und mit ihr wohl auch ein Stück Licht in meinem Herzen.

14.August 2020

Denn ein Leben ohne Dich war
für mich damals kaum
vorstellbar.

5.

Fünf Jahre ist es nun bereits her, seitdem Du *über die Regenbogenbrücke* gegangen bist. Schon? Erst? An manchen Tagen fühlt es sich so, an anderen wieder so an. Was an all diesen Tagen immer gleich ist: Die Sehnsucht. Das Vermissen. Die traurige Gewissheit, dass Du nur noch in meiner Erinnerung weiterleben wirst – nicht mehr *so richtig* an meiner Seite.

Traurig bin ich in diesem Jahr wieder etwas mehr. Irgendwie anders, als noch in den ersten drei Jahren, aber sie ist da. Die Trauer. Sie reißt mich zwar nicht zu Boden, aber dennoch erschüttert sie noch sanft meinen Alltag. Der Alltag, der bis in die letzte Ecke gefüllt ist mit Deinem Bruder. Der noch so viel mehr von mir braucht, als Du damals. Vielleicht weiß ich es aber auch gar nicht mehr so genau. Schließlich warst und bist Du mein erstes Kind. Ich hatte keinen Vergleich. So viel intensive Zeit mit Dir zu verbringen, war für mich damals *normal*. Dort hatte ich noch nicht diesen superschweren Rucksack auf, voll mit den ganzen Erfahrungen rund um Deine Therapie und Deinen Tod. Sicher, er ist jetzt, nach fünf Jahren, irgendwie etwas leichter geworden. Und das war harte Arbeit! Die, die niemand von außen so richtig sehen kann. Nicht sofort. Erst nach einer gewissen Zeit. Denn nun trägt die viele Arbeit an mir selbst immer mehr sicht- und fühlbare Früchte.

Dein Tod hat so viel verändert. So, so viel. Hätte mich jemand vor fünf Jahren gefragt, wie ich mir mein Leben vorstellen würde – dieser berühmte *Fünf-Jahres-Plan*...ich hätte mir kein Bild machen können. Denn ein Leben ohne Dich war für mich damals kaum vorstellbar. So groß war der Schmerz, so groß die Lücke, die Du hinterlassen hast. Mein Fulltime-Job, meine Lebensaufgabe zu dieser Zeit – von einem auf den anderen Tag einfach weg. Arbeitslos. Freudlos.

Doch jetzt. Heute. Hier. Wahnsinn. Wer hätte gedacht, dass ich nochmal so viel Glück, so viel Freude haben darf. Ich spüre zwar, dass mir oft auch die Leichtigkeit fehlt. Dass diese Trauer wie Kaugummi an meinem Schuh klebt und ich ab und an sehr zäh durch den Tag komme. Aber ich versuche diese Traurigkeit um Deinen Tod auch immer mehr als meinen Anker zu sehen. Der mich bodenständig bleiben lässt. Einfach den Fokus darauf zu verändern und es nicht mehr so sehr als *Last* zu sehen. Denn wo

Trauer ist, ist auch Liebe. Und davon habe ich so viel für Dich! Mein Herz platzt an manchen Tagen, wenn ich daran denke, dass ich zwei wunderbaren Söhnen das Leben schenken durfte. Dass ich diesen sagenhaft liebenswerten und kostbaren Herzmenschen heiraten durfte. Ich teile meine Liebe nicht – sie vermehrt sich immer mehr!

Jetzt, wenn ich mir Bilder von Dir anschaue. Wenn ich mal Elvis höre. Wenn ich einen Bagger sehe. Ja, da kribbelt es in mir. Weiterhin. Ein Lächeln legt sich auf meine Lippen, während sich meine Augen mit Tränen füllen. Dankbarkeit für die wunderschönen Erinnerungen, die wir gemeinsam schaffen durften. Aber eben auch Wehmut, weil es keine neue Erinnerungen mehr sein werden.

Doch dafür hast Du uns ja sehr wahrscheinlich Deinen kleinen Bruder geschickt. Der all das Vermissen erträglicher macht. Der mich in manchen Blickwinkeln immer mal wieder sehr an Dich erinnert. Mit dem wir hoffentlich viele viele Abenteuer erleben dürfen. Und dem ich bald immer mehr von Dir erzählen kann. Deine Videos fand er schon unterhaltsam – genauso, wie Deine kleine Gitarre. Er lächelt Dein Foto am Kühlschrank an. Genau wie ich.

Denn auch, wenn ich so oft so traurig bin, weil Du nicht bei uns hier unten bist – genauso oft lächele ich auch zu Dir hinauf. Ich hoffe, Du siehst es.

Du fehlst mir. Immer.

15.September 2020

Ich frage mich, ob ich Dich
noch irgendwie spüren kann in
diesem wuseligen Alltag.

Ich schaue Dich an und frage mich, was Du gerade so fühlst und denkst, wenn der Morgen für Dich mit Tränen beginnt, weil der Übergang zum Tag für Dich immer wieder schwer ist.

Ich schaue in den Himmel. Sehe die flauschigen Wolken. Wolken in verschiedenster Ausführung. Und ich frage mich, ob Du es bequem und gemütlich hast. Dort oben auf Deiner Wolke.

Ich sehe Dir zu, wie Du Dich mit einer Sache ganz interessiert beschäftigst. Wie Du Deine kleinen Lippen spitzt, einen angestrengten Blick aufsetzt. Und ich frage mich, was Du wohl in diesem Moment gerade Neues dazulernst und wie es Dich weiterbringt.

Ich denke an Deine letzten Tage. Deine letzten Momente, in denen Du am Leben bist. Und ich frage mich, ob Du gespürt hast, dass Dein Licht bald erlischt. Ich frage mich, wie sich das alles für Dich angefühlt haben muss, innerlich von diesem großen Tumor eingenommen zu werden.

Ich schaue in Deine wundervollen blauen Augen während Du in meinen Armen liegst und wir stillen. Und ich frage mich, was Du wohl gerade fühlst. In diesem Moment unserer Zweisamkeit. Frage mich demütig, wann wohl unser letzter Stillmoment sein wird. Und genieße.

Ich höre ‚Deine‘ Musik und sehe vor meinem inneren Auge, wie Du mit Deiner kleinen Gitarre dazu tanzt. Und ich frage mich, ob Dir Elvis da oben ein Privatkonzert gibt. Ich wünsche es mir so für Dich.

Ich sehe, wie Du wütest, wenn Du vor Grenzen gestellt wirst. Wie Dein kleiner Körper bebt und ich Dich für einen Moment nicht berühren darf. Wie die Wut mit Deinen Tränen herausgespült wird und Du in meine Arme fällst. Dann frage ich mich, was da wohl gerade für Gedanken durch Deinen kleinen Kopf gewandert sind. Wie Du wohl denken magst.

Ich sehe einen Schmetterling, der um uns herum fliegt. Ich sehe eine Fliege, die uns immer wieder durch die Wohnung folgt. Und ich frage mich, ob Du vielleicht in diesen kleinen Tierchen wiedergeboren wurdest. Ich frage mich, ob ich Dich noch irgendwie spüren kann in diesem wuseligen Alltag.

10.Oktober 2020

Und dann warst Du einfach
weg.

Endgültig. Das denke ich, als ich Deinen Bruder so in den Schlaf begleite. Ich sitze mit ihm im Arm im gedämpften Licht des Zimmers, stille ihn und schenke uns beiden eine große Ladung Oxytocin. Entspannung. Dein Bruder schläft ein. Und bei mir kommen Erinnerungen auf. Völlig unverhofft.

Er hat es geschafft. Ich denke an das Telefonat mit Deiner Oma, nachdem Du vor über fünf Jahren gestorben warst. Zwei Stunden zuvor hattest Du Deine letzten Atemzüge in meinen Armen gemacht. Oma war einen Tag zuvor noch bei uns, sah Dich in Deinen letzten Stunden. Als der Arzt noch einmal bei uns war und sagte: *Nun ja, es ist schon sehr endlich mit ihm*. Er bereitete später im Hintergrund das Pflegepersonal des Palliativdienstes schon darauf vor, dass eventuell bereits in der Nacht ein Anruf von mir kommen könnte – so sagte er es mir am nächsten Tag. Als er nur eine Stunde nach Deinem Tod mit dem Totenschein zu uns kam. Seine Erfahrung und Einschätzung war bemerkenswert – und vor allem die Ruhe, die er in Deiner gesamten Therapiezeit ausstrahlte.

Er hat es geschafft. Dieser Satz hatte so viel Wahrheit. So viel traurige Wahrheit. Dein kleiner Körper musste endlich nicht mehr kämpfen. Nicht mehr aushalten. Du kleiner Mensch, der nur drei Jahre auf dieser Welt sein durfte, hattest nun *hoffentlich* endgültig Deinen Frieden. Keine Schmerzen mehr. Es zerreißt mich, wenn ich daran denke.

Diese Bilder aus den letzten Momenten mit Dir sind an diesem Abend, mit Deinem kleinen Bruder im Arm, plötzlich wieder so präsent. Unendliche Traurigkeit macht sich in mir breit. *Du bist wirklich tot. Du bist wirklich gestorben.* Als hätte ich es verdrängt oder doch noch nicht ganz verstanden.

Er hat es geschafft, höre ich mich Deiner Oma sagen, als ich kraftlos und dennoch halbwegs gefasst mit ihr telefonierte. Irgendwie hatten wir alle darauf gewartet, denn in der letzten Woche Deines Lebens zeichnete sich zusehends ab, dass das Leben aus Deinem kleinen Körper wich. Du schliefst die meiste Zeit des Tages, dank starker Schmerzmittel schmerzfrei. Ich schlief mit Dir in unserem großen Bett. Dein Vater konnte dies nicht mehr – er konnte Deine verlangsamte Atmung nicht aushalten. Ich wich nur kurze Momente von Deiner Seite, denn Du spürtest schnell, dass ich nicht mehr bei Dir war und riefst nach mir. Ich wollte noch so viel wie nur möglich *von Dir haben*. Denn ich wusste: Bald bist Du einfach nicht mehr da. Unvorstellbar.

Die Leere in der Wohnung, nachdem die Bestatter Dich sorgsam mitnahmen, werde ich niemals vergessen. Wir hätten Dich noch länger daheim behalten können, da wir den Totenschein bei uns hatten. Doch der heiße Sommer und das Wissen darüber, wie schnell ein toter Körper sich in dieser Zeit verändert, ließ die Entscheidung schnell fallen, dass Du in einem Bestattungsinstitut bis zu Deiner Beisetzung aufbewahrt würdest.

Und dann warst Du einfach weg. Als hätte jemand den Lebenshauch aus unseren vier Wänden genommen. Wir fuhren umher, telefonierten mit Familie und informierten alle, dass Du *es geschafft* hattest. Die schwersten Telefonate meines bisherigen Lebens.

Und plötzlich fällt mir wieder ein, dass wir rund zwei Wochen nicht in unserem Bett schlafen konnten. Dass sich so vieles nicht mehr richtig anfühlte. Ohne Dich. Dass ich eine ganze Weile brauchte, bis ich Deine Sachen waschen konnte. Bis ich Dein Zimmer aufräumen konnte. Nichts war mehr wie vorher. Gar nichts.

Vor allem ich. Seit Deinem Tod habe ich mich verändert.

Jetzt, mit Deinem kleinen Bruder an meiner Seite. Mit meinem wundervollen Herzmenschen, *den mir der Himmel geschickt hat*. Jetzt, wo ich, dank meiner Therapie, immer mehr herausfinden konnte und kann, *wer ich wirklich bin*. Ja, da merke ich immer deutlicher, wie sehr mich Dein Tod verändert hat. Aber eben genau da hin, wo ich sein soll.

Und dann warst Du einfach nicht mehr da. Aber ich bin es noch.

14.Februar 2021

Diese Endgültigkeit, diese Leere
– sie rissen mich mit, in ihre
schmerzhafte Tiefe.

Kurz nach Deinem Tod, mein Kind, war für mich
klar, dass ich einige Deiner persönlichen Dinge gerne
aufheben möchte. Anfangs konnte ich mich kaum
von irgendetwas trennen, das einmal in Berührung
mit Dir stand. Jedes noch so kleinste Teil wollte ich
am liebsten aufheben. Als würde noch etwas von Dir
daran hängen. Diese ganz akute Zeit, direkt nach
Deinem Tod, war höchst emotional. Das gesamte
erste Jahr danach war eine so herausfordernde Zeit.

Ich wollte gerne eine Art Schatzkiste für Dich füllen.
Sie sollte aus Holz sein und viel Platz bieten, damit
ich so viel wie nur möglich von Dir darin verstauen
kann. Tief in meinem Herzen wusste ich, dass
irgendwann vielleicht *nur* noch diese Kiste von Dir
übrig bleiben würde – denn alles von Dir aufzuheben,
hätte irgendwann zu viel Raum eingenommen.

Bei einem Besuch in einem Möbelgeschäft fand ich sie dann. Deine Kiste. Es war rund vier Wochen nach Deinem Tod. Mit der Befüllung ließ ich mir noch etwas Zeit. Ich wollte in meiner Trauerarbeit nichts erzwingen. Alles sollte aus inneren Impulsen heraus erfolgen – dann fühlte es sich richtig an. Und dann war es auch richtig für mich. Die ersten Wochen konnte ich Deine Sachen noch nicht berühren. Alles blieb unangetastet, seitdem Du gestorben warst. In Deinem Zimmer legte sich allmählich immer mehr Staub auf die Möbel und Spielsachen. Nur zum Lüften gingen wir hinein. Deine Zimmertür stand immer offen – ich konnte jeder Zeit hineinblicken. Sie zu schließen, fühlte sich einfach nicht richtig an. Es war unsagbar schwer zu realisieren, dass Dein Platz an unserem Tisch und neben mir im Bett nun für immer leer bleiben würde. Diese Endgültigkeit, diese Leere – sie rissen mich mit, in ihre schmerzhafte Tiefe.

Ich weiß nicht mehr, wann genau es war. Ich glaube, rund zwei Monate nach Deinem Tod, spürte ich den Impuls, Deine Kleidung verwahren zu wollen. Im Gespräch mit der Psychologin Deiner Station kam die Idee, etwas aufzubewahren, das noch Deinen Geruch trägt. Denn gerade dieser Sinneseindruck geht in der Erinnerung schnell verloren. Und besonders bei uns beiden – die so eng miteinander waren – war dieser Eindruck stets sehr präsent. Ich besorgte mir also Tüten, die ich halbwegs luftdicht verschließen konnte und setzte mich dran. An die Kleidungsstücke, die Du zuletzt getragen hattest. Ein süßlicher Duft stieg in meine Nase, denn ich konnte darin erkennen, wie sehr sich Dein kleiner Körper schon vom Leben verabschiedet hatte. Während ich die Stoffe unter meine Nase hielt, schossen Tränen in meine Augen und Bilder in den Kopf. Ich sah Dich wieder in Deinen letzten lebendigen Momenten. Ich hatte die Bilder vor Augen, wie Du friedlich in diesem kleinen Sarg gebettet warst.

Du warst wirklich gegangen. Du warst tot. Du bist tot, mein Kind. Unfassbar, immer noch.

Nach und nach packte ich immer mehr in diese Schatzkiste, das Dir und auch mir lieb und heilig war. Es wurde allmählich eng. Ich musste Prioritäten setzen. Besonders als ich Deinen Vater verließ, mussten Prioritäten her. Ich ließ ihm den Vorrang zu entscheiden, was er gerne von Dir behalten möchte – denn letztlich hatte ich zu allen Gegenständen und Kleidungsstücken von Dir einen Bezug. In meiner eigenen Wohnung nahmen Deine Sachen noch sehr viel Raum ein, denn ich wollte Dich bei meinem Neuanfang irgendwie dabei haben. Auch wenn ich mir immer wieder sagte, dass Du auf eine andere Weise noch da bist und Deine Seele nicht an irgendwelche Gegenstände aus Deinem Leben gebunden sind, brauchte ich noch etwas *Greifbares*. Dinge, die ich berühren konnte und mir zeigten: Es hat Dich gegeben. Denn Dein Tod war so *unbegreiflich*. Manchmal ist er das für mich heute noch.

Deine Gegenstände und Habseligkeiten waren ein fester Bestandteil in meiner neuen Wohnung, in meinem neuen Leben. Ich ging offen damit um, wenn

Kinder zu Besuch waren und sie damit spielen wollten. Einzig Deine Gitarre – diese hatte ich auf einem Regal platziert und sollte unberührt bleiben. Sie war zum Schluss Dein ständiger Begleiter. Anfangs war ich noch etwas angespannt und wies darauf hin, dass die Kinder mit Deinen Spielsachen vorsichtig umgehen mögen. Ich wollte auf keinen Fall, dass etwas davon kaputt ging. Auf die Frage eines Siebenjährigen *Warum muss ich aufpassen? Er ist doch tot, das stört ihn doch nicht mehr –* entgegnete ich erstaunlich gelassen, dass *mir* die Sachen wichtig sind und ich nicht möchte, dass sie beschädigt werden.

Eine ganze Weile später, als mein nächster großer Umzug zu meinem Herzmenschen bevorstand, fand noch einmal ein kleiner Umbruch in mir statt. Das war knapp zwei Jahre nach Deinem Tod, mein Kind. Während ich damit beschäftigt war, nach und nach meine Habseligkeiten zu verpacken, spürte ich diesen Impuls, einiges von Dir abgeben zu wollen. Ich konnte mir nicht mehr vorstellen, noch einmal all diese vielen Sachen von Dir mitzunehmen und Ihnen einen Raum zu geben. Ich empfand den Gedanken sehr heilsam, dass es Kinder gab, die diese Dinge gerade gut gebrauchen könnten – während sie bei mir im Regal *nur* verstaubten. Einiges verkaufte ich. Vieles spendete und verschenkte ich. Sogar Deine Kinderstation bekam einen großen Teil davon und nahm es dankend an. So fühlte es sich gut für mich an. Denn insgeheim wusste ich: Es wird mich in meiner Trauer um Dich *voran*bringen, wenn ich mich von materiellen Dingen trennen kann. Etwas befreiendes hatte es jedes Mal.

Deine Schatztruhe bekam immer einen festen Platz in meiner neuen Wohnumgebung. Irgendwie mitten drin, aber auch nicht zu präsent. Nach und nach rückten Deine Sachen mehr in den Hintergrund und ließen Platz für Neues. Immer wieder folgte ich den inneren Impulsen, etwas davon auszusortieren und gab mich diesen Prozessen ganz bewusst hin. Meistens unter Tränen, denn mit jedem Teil, das durch meine Hände ging, wurde Dein Tod wieder greifbar. Aber eben auch Dein kurzes und wundervolles Leben, das wir zusammen teilen durften.

Ich konnte mir eine ganze Zeit nicht vorstellen, dass diese übrigen Gegenstände in Deiner Schatzkiste noch einmal verwendet würden. Immerhin gehören sie zu Dir und ich hatte viel zu große Bedenken, was das in mir auslösen würde, wären sie wieder *richtig* in Gebrauch, richtig in den Alltag integriert.

Und dann kam Dein kleiner Bruder. Schon bei einigen Deiner Kleidungsstücke hatte ich absolut keinen Zweifel, dass es wundervoll wäre, wenn er sie noch auftragen könnte. Im Gegenteil – es erfreute mich sogar und machte mich ein Stück weit stolz. Auch im Umgang mit Deinen übrigen Spielsachen war ich überraschend locker. Als er vor einigen Monaten Deine Gitarre entdeckte, war er Feuer und Flamme. Nun zupft er regelmäßig daran herum und tanzt damit zur Musik – fast, wie Du. Denn er macht es auf seine Art, zu anderer Musik. Und der einzige

Gedanke, der mir dabei aufkommt: *Ich gebe wohl etwas sehr musikalisches an meine Kinder weiter – wie schön.*

Immer mehr von Deinen Spielsachen und Habseligkeiten finden hier ihren Platz in unserem Alltag. Sie liegen nicht mehr verstaut in einer Kiste als Erinnerungsstück. Sie dürfen noch einmal für weitere Erinnerungen sorgen. Dein kleiner Bruder erkundet zur Zeit sehr gerne Deine Schatzkiste. An einem Tag nahm ich dann Deine eingetüteten Kleidungsstücke heraus. Auch die Bettwäsche, auf der Du zum Schluss geschlafen hattest, war dabei. Ich hatte all das nicht mehr gewaschen – wollte ich doch irgendwie Deinen Geruch erhalten. Als ich die Tüte öffnete, spürte ich dieses mulmige Gefühl in meinem Bauch, denn ich hatte etwas Angst, was das mit mir machen würde. Und dann roch ich nur eines: Waschmittel. Dieser Duft legte sich über die Zeit auf all die Plüschtiere und Spielsachen in der Kiste. Irgendein Teil davon hatte ich wohl mal gewaschen und nun kroch der Duft in jeden Gegenstand. Auch durch die Tüten – leider. Von Deinem ganz persönlichen Geruch ist nichts mehr übrig.

Es ernüchterte mich ein wenig, doch es ist okay. Denn es zeigt mir wieder einmal, dass in dieser Trauerarbeit auch Erinnerungen endlich sein können. Dass alles irgendwann verblasst und nicht mehr ganz so greifbar ist. Dass nicht alle Sinneseindrücke konserviert werden können. Aber dafür entsteht Raum für neue Erinnerungen. Und diese darf ich – was für ein großes Glück – mit Deinem kleinen

Bruder schaffen. Darum schnuppere ich das ein oder andere Mal mehr an seinem zarten blonden Haar, genau, wie ich es bei Dir tat. Denn dieser Geruch wird sich verändern. Aber das Gefühl wird wohl das gleiche bleiben.

6.Juni 2021

Ich kann keine Freunde für
Dich einladen, keinen Kuchen
für Dich backen, keine
Geschenke verpacken.

Ich sehe Dich noch vor mir liegen. Dein kleiner
Körper, in diesem großen Klinikbett. Überall an Dir
hingen Kabel und Schläuche. Blutdruck, Infusionen,
Katheter. Du konntest Dich kaum rühren. Vor allem
weil da dieser riesige Tumor in Deinem Bauch war.
Mittlerweile unübersehbar. In den letzten paar Tagen
ist Dein Bauch unaufhörlich gewachsen. *Wie konnte
ich das nur erst so spät sehen?*

Immerhin fiel es mir auf und ich sagte es der Kinderärztin. Die Ärztin, die uns ruhig und besonnen nach dem vorherigen Klinikaufenthalt wieder in die Klinik überwies. Mit dem Wissen: Das wird ein Tumor sein. Sie sagte es mir nicht – erst später, nachdem Du mitten in der Therapie stecktest. Gut so. Ich hätte den weiten Autoweg wohl nicht geschafft.

Und dann, eine Woche später, nachdem sie uns dorthin überwies. Lagst Du da so vor mir. Deine erste Operation hinter Dir. Der zentrale Zugang zu Deinem Herzen war gelegt – so wichtig für die Unmengen an Infusionen und Chemotherapie. Dein kleiner Körper, mit diesem riesigen Bauch. Eines Morgens dann völlig aufgeschwemmt. Ich habe Dich kaum wiedererkannt. Letztlich fiel mir auf: Du konntest kein Wasser mehr lassen. Es sammelte sich alles an. Der Tumor drückte auf Deinen Beckenboden und Du hattest wahnsinnige Schmerzen. Ein Blasenkatheter verschaffte endlich Erleichterung. Und mir die Erschütterung, wie viel Dein kleiner Körper da so ausgehalten hat – denn es war so viel, was nun Deinen Körper wieder verließ.

Der erste Chemoblock. Diese Ungewissheit. Dieses Hoffen und Bangen. *Hält Dein kleiner Körper das aus? Wird der Tumor darauf anspringen und sich verkleinern?* Der Kopf hatte niemals Pause.

Und mittendrin Du. Nicht mal zwei Jahre alt. Du hast gelacht. Du hast geweint. Du hast Pommes gegessen und Apfelsaft getrunken. Als Deine Haare begannen auszufallen, machten wir Dir lustige Frisuren. Dieses Foto hat sich in meine Erinnerung gebrannt. Dein

Lächeln darauf – nicht im Ansatz würde man meinen, dass Du gerade gegen eine tödliche Erkrankung gekämpft hast. Letztlich mussten Deine schönen, feinen blonden Haare abrasiert werden – sie waren einfach überall. Was zu Beginn noch ungewohnt war, wurde später zur Normalität: Kurze Stoppeln auf dem Kopf. Ganz später dann Glatze. Ich habe sie immer fleißig eincremt und alle bewunderten Deinen glänzenden Kopf.

Von Chemoblock zu Chemoblock: Hoffen und Bangen. Immer wieder die Angst, ob Dein kleines Herz dieser Belastung standhalten würde. Alles entwickelte sich gut. Die Nebenwirkungen waren *normal*. Wir arrangierten uns mit allem. Was für andere kaum vorstellbar war, war für uns Normalität. Wöchentliche Blutkontrollen. Die Klinik als zweites Zuhause. Verbandwechsel. Erbrechen. Magensonde. Isolation. Wir wuchsen an diesen Sachen und irgendwann konnte ich all die Blicke von Menschen unterwegs ausblenden. Die mitleidigen und die schockierten, aber auch die angewiderten. Ich sah nur Dich. Meinen kleinen Kämpfer. Meinen Held ohne Umhang. Wie stark Du warst. Wie anpassungsfähig. Und doch so ganz Du selbst. Hast für Deine Grenzen versucht einzustehen, wo es ging – obwohl sie ständig übergangen wurden. Es tat mir so Leid. Denn ich konnte Dir nicht erklären, wie wichtig das alles war – hättest Du es noch nicht verstanden. Oder doch?

Diese Bilder. Diese vielen Bilder aus der Therapiezeit. Auf so vielen davon lächelst Du, bist

Du einfach nur ein Kind – mit ein paar Schläuchen unterm Shirt, verbunden mit Infusionen. Einfach nur ein Kind – ohne Haare, mit einem Beutelchen unterm Shirt, worin Deine Zugänge verpackt waren. Neben all diesen Bildern aus dem kindlichen Alltag, gibt es auch Bilder, die zeigen, was Du dort alles mitgemacht hast. Wir hielten es für Dich fest – damit Du es später sehen solltest. Nicht das ganze Leid. Nicht die schlimmsten Momente. Aber genügend Aufnahmen, die auch immer mal wieder in meinem Kopf präsent werden. Die mich erstarren lassen und die Tränen in die Augen treiben – denn so gerne hätte ich uns das alles erspart. Aufgeben war zu dieser Zeit keine Option. Immerhin hing Dein Leben an all diesen Maßnahmen. Doch gelitten hast Du genug. Und ich wohl auch

In diesem Jahr jährt es sich zum neunten Mal, als Du mich das erste Mal zur Mutter gemacht hast. Ja, Dein Geburtstag ist nicht nur der Tag Deiner Geburt, sondern auch meiner als Mutter. Als ich Dich zum ersten Mal sah, wusste ich sofort: Ich würde alles für Dich tun. Mein Leben für Dich geben. Drei Jahre später, als klar war, dass Dein Leben bald enden würde, hätte ich es getan. Mein Leben dafür gegeben, damit Du bleiben darfst. Doch nichts konnte ich mehr tun, außer die letzten Momente an Deiner Seite sein. Dich zu tragen, zu lieben und Dir alles geben, was Du Dir gewünscht hast.

Heute, noch einmal sechs Jahre später, kann ich es wieder einmal nicht glauben, dass Du wirklich tot bist. Dass Dein neunter Geburtstag nur in meiner

Vorstellung gefeiert wird. Ich kann keine Freunde für Dich einladen, keinen Kuchen für Dich backen, keine Geschenke verpacken. Ich kann Dich nicht morgens mit einem Geburtstagsständchen wecken und Du kannst keine Kerzen auspusten. Neun Stück. Du wärst so stolz gewesen. Und ich erst.

Mein Kind, da oben auf Deiner Wolke. Du fehlst mir unendlich. Wie gerne wüsste ich, wie Du jetzt wärst. Wie Du jetzt aussehen würdest. Welche Interessen Du hättest. Wie sich Deine Stimme anhören würde. Du wärst ein so toller großer Bruder! Da bin ich mir jeden Tag sicher, an dem ich Deinen kleinen Bruder begleite. Du hast ihm doch ganz sicher etwas mit auf den Weg gegeben, als Du ihn zu uns geschickt hast. *Kümmere Dich gut um unsere Mama. Sie braucht ordentlich was zu tun, damit sie nicht so traurig wegen mir ist.*

… Hast Du gut gemacht. Klappt ganz gut. Meistens. Denn auch wenn ich rund um die Uhr mit Deinem kleinen Bruder beschäftigt bin – Du bist in meinem Herzen. In meiner Erinnerung. So ähnlich ist er Dir an manchen Stellen – es ist kaum möglich, nicht an Dich zu denken.

Ich werde immer traurig sein, dass Du nicht mehr da bist. Die Tiefe der Trauer um Dich schwankt im Alltag sehr.

Doch heute. An *Deinem* Geburtstag. Da fehlst Du eben wieder noch mehr.

Und wenn ich ehrlich bin: Diese Zeilen schreibe ich rund vier Wochen vorher.

Weil Du so präsent bist.

Weil Der Geburtstag Deines Bruders so präsent ist.

Weil es mich wehmütig stimmt, wie schnell die Zeit vergeht.

Weil ich es so irre finde, dass ich nun die Mutter eines neunjährigen Jungen wäre.

Doch so bin ich eben die Mutter mit dem dreijährigen Jungen im Himmel und dem zweijährigen Jungen an der Hand.

14.August 2021

Dein Verlust hat mich erwachen
lassen, auf so vielen Ebenen.

Ich habe schon so viel gesagt und geschrieben. Zu Deinem Leben und zu Deinem Tod. Es fühlt sich so an, als hätte ich schon alles gesagt. Als gäbe es nichts mehr dazu zu sagen. Doch irgendwo finde ich doch noch ein paar Worte. Für Dich. Über Dich. Über mich.

Mein Kind, da oben auf Deiner Wolke. Kannst Du mich hören? Kannst Du mich sehen?

Kannst Du hören, wie ich in meinen Gedanken manchmal zu Dir spreche? Wie ich zu Dir sage, wie sehr ich Dich vermisse und dass ich manchmal gerne bei Dir wäre. Manchmal, wenn der Schmerz über alles so groß ist, dass ich mir wünschte, ich wäre mit

Dir gegangen. Doch ich weiß, dass es so nicht vorgesehen war für mich. Dass ich noch eine Aufgabe habe.

Kannst Du sehen, wie es mir hier unten geht? So ohne Dich? Wie sich gute und schwierige Tage abwechseln. Wie Stürme wüten und danach der Sonnenschein folgt. Wie am Ende der Dunkelheit doch irgendwo wieder ein Licht zu sehen ist.

Seitdem Du tot bist, lebe ich das alles bewusster. Intensiver. Dein Verlust hat mich erwachen lassen, auf so vielen Ebenen.

Sechs Jahre bist Du nun also nicht mehr auf dieser Welt. Meistens ist der Sommer für mich schwierig. Besonders, wenn er so heiß ist, wie vor sechs Jahren. Die Sinneseindrücke triggern mich dann sehr und oft fühle ich mich an Tagen, an denen es nach warmen Asphalt und Sommerluft riecht, wieder in die Zeit zurückversetzt. In die schwerste Zeit meines bisherigen Lebens. Ich musste mich von Dir verabschieden, Tag für Tag. Jeder Tag, an dem Dein kleiner Körper mehr und mehr gezeichnet wurde von dieser Erkrankung, führte mir vor Augen, dass ich Dich bald gehen lassen musste. Dabei hatte ich Dich doch *gefühlt* gerade erst auf diese Welt gebracht. Drei Jahre sind einfach keine Zeit für ein Leben. Zu kurz. Und manch ein Leben endet noch schneller – das weiß ich, seitdem ich zwei weitere Seelen früh gehen lassen musste.

Wo etwas endet, darf auch wieder etwas beginnen. Mit dem Ende Deines jungen Lebens, unseres gemeinsamen Lebensweges, eröffnete sich für mich ein neuer Weg, ein neues Leben. Nach einer langen, dunklen Regenzeit, in der ich viel und intensiv um Dich trauerte, folgte Licht. Die Wolkendecke lichtete sich und ließ wieder Sonnenstrahlen hindurch. Schon kurz nach Deinem Tod war ich mir sicher, dass es auch wieder *besser* werden würde. Dass es nicht ewig so schwer und düster sein würde. Denn diese Gesetzmäßigkeit im Leben tritt doch immer wieder ein. Nach Regen kommt Sonnenschein. Ich muss nur vertrauen, dass nach schweren Zeiten auch wieder gute kommen werden. Dass mein Leben schon weiß, wie lang ich etwas aushalten kann.

Nun halte ich es also schon sechs Jahre aus. Ohne Dich. Und die Zeit vergeht irgendwie immer schneller. Dein kleiner Bruder ist nun in dem Alter, als bei Dir vor sieben Jahren Deine riesige Operation bevorstand. Dein kleiner Bruder ist das blühende Leben. Er hat seine ganz eigene Persönlichkeit. Doch wenn ihr eines gemeinsam habt, dann ist es wohl ein starker Wille. Ihr kleinen Menschen wisst noch ganz genau, was richtig und wichtig für euch ist. Schon Dir durfte ich vertrauen, dass Du für Dich einstehen kannst und Deine Grenzen zeigst. Das habe ich im Alltag auf der Kinderkrebsstation täglich sehen dürfen. Und Dein kleiner Bruder ist ebenso in der Lage, für sich einzustehen. Er zeigt mir, was er braucht und was er nicht will. Ich darf vertrauen. Heute schaffe ich das immer besser und immer mehr, als ich es bei Dir konnte. Es tut mir Leid, dass ich damals noch eine andere Mutter war, als heute. Gerne hätte ich vieles anders gemacht. Doch ich weiß, ich habe mein Bestes gegeben zu dieser Zeit.

Dieser Sommer ist so anders, als die letzten Jahre. Kühler, dunkler. Viel öfter haben wir Regen und Stürme. Die große, lange Hitze blieb uns bisher erspart. Und ich finde es gut. Denn so fällt es mir nicht schwer, am Leben da draußen teilzunehmen. Auch für Deinen Bruder. Denn an den heißen Tagen habe ich mich oft lieber daheim eingeigelt, was die Erinnerungen an die letzte Zeit mit Dir noch präsenter machte. Da dieser Sommer also viel aktiver ist, als die letzten, komme ich gut zurecht mit den Gedanken an Dich.

Und dennoch: Der Sturm, der gerade da draußen wütet, wühlt auch in mir einiges auf. Ich spüre den Impuls, zu Deinem Grab zu müssen. Über ein Jahr war ich nicht mehr dort. Ob Du mir deswegen böse bist? Ein komischer Gedanke, ich weiß. Eigentlich ist es doch nur der Ort, an dem Deine sterblichen Überreste liegen. Das, was ich sehen und anfassen konnte. Und manchmal frage ich mich, was davon wohl noch übrig ist, nach sechs Jahren.

Etwas von Dir ist geblieben, das spüre ich. Manchmal mehr, manchmal weniger. Oft habe ich das Gefühl, die Verbindung zu Dir zu verlieren. Und genau dann zeigst Du mir, dass Du irgendwie noch da bist. Aber es fühlt sich nicht greifbar an. Nur spürbar. Doch genau das ist es, was ich durch Deinen Tod lernen durfte: Spüren, fühlen, ganz tief hinein. Dort liegt alles verborgen, was wichtig ist. All das, was mich auf *meinen* Weg bringt, was für mich richtig und gut ist.

Der Tag, an dem Du gegangen bist, vorausgegangen bist, wird nie leicht sein. Die Zeit vor diesem Tag wird wohl auch noch eine ganze Weile, jedes Jahr, immer mal wieder schwierig sein. Dieser Tag zeigt mir jedes Jahr wieder deutlicher, was ich bereits verloren und aufgegeben habe. Aber dennoch sehe ich auch, was mir wieder vom Leben geschenkt wurde und wirklich wichtig in meinem Leben ist.

6.Juni 2022

Als ich von Dir erfuhr, war die
Freude zunächst gar nicht groß.

Mit 22 Jahren erfuhr ich von Dir.

Gerade erst hatte ich das Examen meiner Ausbildung in der Tasche und war voller Tatendrang und Vorfreude darauf, endlich richtig in den Beruf einsteigen und gutes Geld verdienen zu können.

Doch dann kamst Du. Ungeplant und ganz überraschend. Ich hatte nicht mal bemerkt, dass Du zu mir gekommen warst, denn so viel Umschwung fand zu der Zeit in meinem Leben statt. Ich weiß noch, dass ich ein paar Monate zuvor plötzlich die Erkenntnis hatte, dass ich nun in einem Alter war, in dem ich theoretisch jeder Zeit schwanger werden könnte – denn ich war bereits ein Jahr ohne Antibabypille, da ich sie nicht mehr vertrug.

Als ich von Dir erfuhr, war die Freude zunächst gar nicht groß. Auch der erst Arztbesuch überzeugte mich noch nicht davon, dass Du bleiben sollst. Ja, damals, da war der erste Gedanke, dass ich Dich nicht bekommen könnte – denn so ganz zufrieden war ich eigentlich nicht zu diesem Zeitpunkt und sehr durcheinander. Doch letztlich war klar: Ich hätte es nicht verkraftet, wäre Dein Leben aus fremder Hand beendet worden. Ich wuchs also buchstäblich in und mit dieser Schwangerschaft und am Ende überwog das Staunen über dieses Wunder, das der Körper da vollbringt und die Vorfreude auf Dich kleinen Menschen, den ich da so intensiv spüren konnte.

Schon Wochen vor Deinem erratenen Geburtstermin hatte ich regelmäßig intensive Übungswehen. Ich konnte all das noch nicht einschätzen und war das ein oder andere Mal mit *falschem* Alarm im Kreißsaal. Ich würde schon merken, wenn es irgendwann *richtige* Wehen seien – so wurde ich nach Haus geschickt.

Der Tag vor Deiner Geburt war dann anders. Ich war müde und schlief am Nachmittag nochmal sehr lang. Am Abend stellten sich mit einmal Rückenschmerzen ein, die ich nicht gelindert bekam. Meine Gebärmutter wehte fleißig vor sich hin. Noch einmal zur Rücksprache im Kreißsaal erhielt ich eine Spritze gegen die Schmerzen. Mit den Worten der Hebamme „Dann vielleicht bis später" fuhren wir heim. Wir legten uns schlafen, doch während Dein Vater bereits selig im Land der Träume angekommen war, tigerte ich durch die Wohnung. Fand kaum Ruhe und Entspannung in irgendeiner Position. Wehte und wehte vor mich hin. Ich war unsicher. Fühlte mich nicht mehr wohl daheim. Nach knapp drei Stunden Schlaf weckte ich Deinen Vater und wir fuhren wieder in den Kreißsaal. Und endlich: Es ging also los. Du hast Dich auf den Weg gemacht. Und ich hatte keine Ahnung, was mich da erwarten würde. Mein erstes Kind. Alles mögliche lernt man in der Schule, aber das nicht.

Ich war die ganze Zeit damit beschäftigt, die Wehen zu veratmen und wurde von der Hebamme bestärkt und gelobt, wie toll ich das machte. Mein Körper machte das, was er soll. Ich war einfach nur überwältigt von den Schmerzen und wie selten ich Pausen hatte, um einmal durchzuatmen. Irgendwann verlor ich die Kraft und wusste nicht, wie ich die kommenden Wehen noch schaffen sollte. Kurzum: Es wurde interveniert. Wehenhemmer, PDA, Fruchtblase eröffnen. Das ganze Programm, das ich in meiner Vorstellung nicht wollte. Letztlich ging es nicht weiter. Du fandest den Weg nicht nach unten. Mit einmal wurde es ernst und hektisch. Die Vermutung lag nahe, dass Deine Nabelschnur im Weg war und nun ein Kaiserschnitt die bessere Lösung wäre – denn Deine Herztöne waren wohl nicht mehr gut. Klar, bei den ganzen Eingriffen von außen, der uns beide gestresst hat. Zitternd unterschrieb ich noch die

Aufklärung für die OP und dann ging alles ganz schnell. Das Gefühl auf diesem Tisch zu liegen, wie sie Deinen Körper aus mir herauszogen – das werde ich wohl nicht vergessen. Es war nicht schön. Aber leider war es wohl notwendig, denn Du warst komplett eingewickelt in Deine Nabelschnur. Ob Du auf dem anderen Weg doch noch zur Welt gekommen wärst – das kann ich nur vermuten. Mein Blick darauf hat sich nach zehn Jahren etwas verändert.

Zehn Jahre. So lang ist es heute also her, als Du das Licht der Welt im grellen OP-Schein erblickt hast. Auch wenn Du mein erstes Kind warst und ich da noch naiv und halbwissend heranging – ich hatte mir eine andere Geburt und einen anderen Start für uns gewünscht. Damals fühlte ich mich bereit für das Abenteuer mit Dir. Ich war der Sache gewachsen, so dachte ich. Heute, zehn Jahre später, schaue ich anders darauf. Ich habe zwar schon dort einiges versucht anders zu machen – immerhin habe ich Dich ein komplettes Jahr gestillt und das mit anfänglichen Startschwierigkeiten und ohne Vorbilder. Du hast Dich prächtig entwickelt und warst ein wonniges und zufriedenes Kind.

Als dann mit knapp zwei Jahren bei Dir der Tumor gefunden wurde, fühlte sich die Zeit davor unbeschwert und fast vergessen an. Deine Diagnose hatte alles auf den Kopf gestellt, aber irgendwie haben wir es geschafft, sogar auf dem Kopf stehend ein lebenswertes Leben mit viel Spaß und Abenteuern für Dich und uns zu gestalten. Dein halbes Leben verbrachten wir in Kliniken. Dein halbes Leben hast

Du, kleiner starker Kerl, eine umfassende Therapie ausgehalten. Ich verneige mich für den Rest meines Lebens vor Deiner Stärke – vor Dir!

Dein dritter Geburtstag war der letzte Ehrentag, den wir gemeinsam auf der Erde feiern konnten. Wir hatten damals viele gute Freunde und Familie eingeladen, die alle so mitfieberten und auf ihre Weise während Deiner Therapie für uns da waren. Wir wollten Dich mal so richtig feiern. Es waren rund 15 Leute oder mehr – ich weiß es nicht mehr genau. Viel Aufwand und Mühe machte ich mir für diesen Tag. Mein Selbstanspruch ließ mich vor lauter Aufregung kaum schlafen. Und als Du am Morgen erwachtest, spürte ich sofort, wie warm du warst. Du hattest hohes Fieber. Nicht mal mehr zwei Stunden vor der Ankunft der Gäste. Was sollte ich tun? Ich gab Dir etwas gegen das Fieber und Du konntest Dich fangen. Die ganze Zeit hatte ich Dich im Blick. Es war für uns so aufregend. So viele Menschen. So viele Geschenke. Du warst gut abgelenkt. Am späten Nachmittag kletterte Deine Temperatur dann wieder rasch nach oben und es war klar: Du musst wieder in die Klinik. So fuhren wir also am Abend Deines Geburtstages in unser zweites Zuhause – nicht ahnend, dass wir zwei Wochen später die Diagnose über Dein Rezidiv erhalten würden. Dein Geburtstagsfieber war bereits der Gruß des Tumors, der wieder zurückgekommen war.

Mein Kind. Da oben auf Deiner Wolke. Wie wärst Du wohl heute, mit 10 Jahren? Ich kann nur ein wenig träumen und vermuten, wie Du wohl aussehen

101

würdest. Welche Interessen Du hättest. Da wäre ein kleiner Bruder, der ganz sicher stolz auf Dich geblickt hätte, weil DU sein großer Bruder bist. Und da wäre ich, die wahnsinnig stolz auf Dich wäre – weil Du diesen Geburtstag feiern kannst, nach diesem schweren Start ins Leben. Doch nun feiern wir Dich hier unten, irgendwie mit und ohne Dich. Du bist immer da. Mal wieder präsenter und dann auch wieder mehr im Hintergrund.

Dein Name fällt stets und ständig in Gesprächen mit vertrauen Menschen. *Mein erster Sohn,* so bezeichne ich Dich, wenn ich von Dir spreche, sobald ich neue Menschen kennenlerne. Ich spreche gerne über Dich, denn Du bist ein wichtiger Teil meines Lebens. Du hast mich zum ersten Mal zur Mutter gemacht. Danke, dass ich Deine Mama sein darf und Deine kleine Seele damals mich dafür ersucht hat, den Weg mit Dir zu gehen.

Heute jährt sich Deine Geburt also zum zehnten Mal. Herzlichen Glückwunsch, mein Kind. Wie gerne würde ich Dich hier bei uns hochleben lassen. Du fehlst mir unendlich.

In Liebe, deine Mama

14.August 2022

Ich kann und werde Dich nicht
verschweigen.

Er jährt sich wieder mal. Der Tag, an dem Dein viel zu kurzes Leben zu Ende ging. Sieben Jahre ist es nun also schon her, als Dein kleines Herzchen aufgehört hat zu schlagen. Als Dein schwerer Kampf gegen diesen bösartigen Tumor verloren war. Kaum zu glauben, wie schnell diese Zeit verging. So ohne Dich hier auf der Welt.

In letzter Zeit spreche ich wieder häufiger von Dir, mein Kind. Immer wenn ich neue Menschen kennenlerne, bist auch Du irgendwann ein Thema. Denn die Frage nach weiteren Kindern kommt schnell, sobald ich mit Deinem kleinen Bruder in Gesellschaft bin. Vor allem in Gesprächen mit anderen Müttern. Denn da wird sich über alles mögliche ausgetauscht. Ich erwähne dann beiläufig, wie es mir im Vergleich mit *meinem ersten Sohn* erging und es folgen neugierige Fragen. *„Ach Du hast noch ein Kind, wie schön."* Ich entgegne dann meistens, dass ich ein Kind im Himmel und auf der Erde habe. Würde ich jedes Mal die drei kleinen Seelen hinzurechnen, die auch kommen wollten aber nicht geblieben sind, könnte ich mit Dir also von vier Kindern sprechen, die nicht bei mir bleiben durften. Die Reaktion der Menschen schwingt von neugieriger Freude in traurige Betroffenheit um. Manchmal fließen kleine Tränen, andere wirken in sich gekehrt und sprachlos. Alle bekunden mir ihr Mitgefühl. Mittlerweile geht es mir schon etwas leichter von den Lippen, wenn auch jedes Mal wieder ein Kloß im Hals sitzt. Ich kann sehr gut über Dich und unser Schicksal sprechen, doch fühlt es sich zunächst so an, als würde ich der aufregenden Achterbahnfahrt des Kennenlernens den Anschwung nehmen. *Hier ist die Fahrt nun unterbrochen. Sie dürfen entscheiden, ob Sie noch weiter mitfahren möchten.*

Denn häufig hatte ich den Eindruck, dass manch ein Mensch damit nur schwer umgehen kann und sich vielleicht auch deswegen Kontakte verloren haben. So schade ich es auch oftmals fand, so gut kann ich auch verstehen, dass es eben ein schweres Thema ist. Und viele können damit nicht so gut umgehen. Aber das ist in Ordnung. Du gehörst zu meinem Leben dazu – und entweder die Menschen sind bereit, es ein Stück mit zu halten oder eben nicht. Ich kann und werde Dich nicht verschweigen. Es ist jedes Mal wie eine kleine Prüfung für mich: Wie geht dieser neue

Mensch in meinem Leben damit um? Alle Reaktionen sind in Ordnung und dürfen sein. Doch wenn ich spüre, dass ich mit diesem Schicksal auf Mitgefühl und vielleicht sogar Fragen stoße, fühle ich mich angenommen und die Begegnung kann vermutlich auf einer anderen Ebene verlaufen. Ach ja, mein liebes Kind. Dein Schicksal ist eine Art Reifeprüfung für mich und andere Menschen geworden.

In den vergangenen Wochen dieses Sommers waren auch wieder einige heiße Tage dazwischen, an denen Aktivität innen oder außen tagsüber kaum möglich war. Die drückende Hitze hat antriebslos und träge gemacht. Mit Deinem kleinen Bruder war dann auch nicht so viel möglich. Erst am Abend, wenn es sich endlich spürbar abkühlte, machten wir noch späte Spaziergänge. Die Tage waren und sind sehr lang. Ähnlich wie in Deinem letzten Sommer. Als alle Regeln und Strukturgeber des Tages locker und spontan gehalten wurden – denn wir richteten sie an Dein Befinden aus. Mit dem Wissen, dass der Tumor zurück war und sich unaufhörlich in Dir ausbreiten würde, zog eine neue Wahrnehmung und Zeitrechnung bei uns ein. Zumindest für mich. Nicht wissend, wann Dein Leben enden würde, wollte ich so viele Momente, wie nur möglich, mit Dir genießen. Das konnte ich zwar schon in den drei Jahren Deines kurzen Lebens, aber so richtig in Erinnerung würde wohl besonders die letzte Zeit mit Dir bleiben, dachte ich.

Und obwohl sich Dein Körper Stück für Stück unter dem Wachstum des Neuroblastoms veränderte, spürte ich noch so viel Lebendigkeit in Dir. Die Entscheidung, Dich mit nach Hause zu nehmen, statt für eine experimentelle Therapie in eine weit entfernte Klinik zu fahren, war goldrichtig! Dein halbes Leben hattest Du in Kliniken verbracht. Fremdbestimmt und mit vielen Einschränkungen. Jetzt solltest Du einfach nur noch Kind sein und das machen, wonach Dir der Sinn stand. Und so hast Du gelacht, gespielt, Lieblingsspeisen gegessen, gekuschelt und mit Deiner kleinen Gitarre zu Elvis-Videos getanzt. Fünf Wochen war Dir fast nicht anzumerken, was da gerade in Deinem kleinen Körper vor sich geht – außer das leichte Husten und die zunehmende Erschöpfung. Doch irgendwann war es nicht mehr zu übersehen, wie sich der Tumor immer weiter in Deinem Brustkorb ausbreitete. In den letzten eineinhalb Wochen Deines Lebens hast Du immer mehr Ruhe eingefordert, bis Du schließlich rund eine Woche vor Deinem Tod nur noch im Bett gelegen und mehr und mehr geschlafen hast. Dein Körper baute rapide ab. Die Schmerzen wurden mit Morphin gelindert und Du konntest entspannt schlafen.

Nie vergessen werde ich Deinen letzten Abend. Der zuständige Arzt kam noch einmal nach Dienstschluss bei uns vorbei, um nach Dir zu schauen. Deine Oma war auch gerade anwesend. Kurz zuvor wurdest Du einmal wach und hattest etwas gesehen, das für uns nicht sichtbar war. Ein Vogel. Da spürte ich bereits, dass Du nicht mehr langen leben würdest.

Deine Atmung veränderte sich, wurde immer flacher mit kurzen Atemzügen. Am Tag Deines Todes – es war ein Freitag, sagte ich noch zu Deinem Vater, dass Du das Wochenende nicht überleben wirst – so war mein Gefühl. Er wollte es nicht hören. *Sag sowas nicht*. Es war schwer. Ich wich kaum von Deiner Seite, lag neben Dir im Bett und rätselte etwas Sudoku in meinem Heft – damit mein Kopf ein wenig Aufgabe hatte. Der Lebenshauch war bereits fast verschwunden und verabschiedete sich mit jedem Atemzug mehr. Gegen Mittag veränderte sich dann noch einmal etwas bei Dir. Ich war mir etwas unsicher und rief die Palliativschwester an. Ich hatte das Gefühl, noch etwas tun zu müssen – doch sie sagte mir mit sanfter Stimme, dass Du nun offenbar Deine letzten Atemzüge machen würdest. Ich weinte und konnte kaum glauben, dass es nun wirklich passiert.

Als Deine Atmung stillstand, hörte auch mein Herz kurz auf zu schlagen und ich hielt meinen Atem an. Keine Regung mehr. Unfassbar. Und das noch heute, nach sieben Jahren. Ich hatte Dich drei Jahre zuvor zur Welt gebracht und da sollte es vorbei sein? Ich konnte nicht aufhören, Dich anzusehen. So friedlich lagst Du da. Wir warteten auf die Palliativschwester, die sofort kommen wollte. Auch der Arzt wurde sofort verständigt und kam rund eine Stunde später zu uns. Es lag eine friedliche Stille im Raum. So unendlich traurig ich auch war, ich war dennoch froh für Dich, dass Du nun Deinen Frieden hattest. Endlich keine Schmerzen mehr aushalten. Du hast würdig gegen diesen Tumor gekämpft, doch leider war er so stark.

Die Schwester sagte mir liebevoll, dass wir Dich noch ganz in Ruhe waschen und kleiden können – das muss nicht von einem Bestatter gemacht werden. Diese Information war so heilsam für mich – denn ich hatte drei Jahre für Dich gesorgt und wollte Dich nun ein letztes Mal versorgen. Ich wusch Dich behutsam, cremte Dich ein und zog Dir Deine Lieblingskleidung an. Ich sprach währenddessen mit Dir – so, wie ich das immer tat. Dein Vater stand daneben und konnte nichts tun. Ich spürte Berührungsängste. Er kümmerte sich um den Anruf beim Bestatter, den wir kurz entschlossen wählten – denn vorbereitet hatten wir dahingehend nichts. Ich wollte mich in den letzten Tagen mit Dir nicht darum kümmern, wie es nach Deinem Tod weitergeht – dafür hatten wir noch genug Zeit und konnten mehr aus dem Gefühl heraus entscheiden. Rückblickend haben wir gut gewählt, denn sie waren würdevoll und einfühlsam im Umgang mit Deinem kleinen Körper und unserer verletzten Seele.

Als die Bestatter mit Dir, in diesem kleinen weißen Sarg, die Wohnung verließen, wusste ich nicht, wie ich denken sollte. Eine Leere breitete sich in mir aus. Hilflos standen wir da und wussten nicht, wohin mit uns. Es fühlte sich nicht richtig an – so ohne Dich. Kurzerhand setzten wir uns ins Auto, holten uns etwas zu essen und stellten uns auf einen Aussichtspunkt mit Blick auf die Stadt. Wir riefen nach und nach unsere Familien an und hielten Tränen und Entrüstung am Telefon aus. Alle wussten, dass es passieren würde – doch als Dein Leben endete, schmerzte es allen noch einmal sehr. So sehr warst Du geliebt und bist es auch heute noch.

Man könnte meinen, dass es sich nach so einer langen Zeit schon irgendwie erträglicher anfühlt. Und sicher, mit dem Schmerz und der Trauer über Deinen Tod kann ich mittlerweile ganz gut umgehen. Es ist nicht mehr so frisch. Doch immer, wenn ich über diese letzten Momente mit Dir nachdenke, bin ich gefühlt wieder mittendrin. Es war so ein einprägsames Ereignis. Ich spüre es noch in meinem ganzen Körper. Manchmal frage ich mich für einen kurzen Augenblick, wie wohl Dein Vater mit all dem umgeht und wie er sich an einem Tag wie heute fühlt. Für ihn ist es sicher anders, als für mich. Wir trauerten jeder auf unsere Weise und unsere Wege trennten sich. Es ging mir nicht mehr gut.

Und heute sitze ich hier mit meiner kleinen Familie. Könnte nicht glücklicher sein. Doch, natürlich. Wärst Du hier, wäre es noch schöner. Doch so sollte mein Leben verlaufen. Ich bin dankbar dafür, Dich für eine kurze, aber intensive Zeit in meinem Leben begleitet zu haben. Was hätte ich an Erfahrungen und Erkenntnissen verpasst.

Diesen Tag heute kann ich nicht *feiern*. Dieser Tag macht mich wieder sehr andächtig, wehmütig und auch traurig. Doch das darf sein. Der Tod gehört zum Leben dazu und durch Deinen Tod habe ich einen leichteren Umgang damit gefunden.

Wie geht es Dir wohl jetzt? Das frage ich mich oft. Hättest Du mir noch etwas zu sagen?

Ich vermisse Dich, mein Kind. Die Zeit mit Dir war schön. Und jetzt erlebe ich gerade Deinen kleinen Bruder in diesem Alter, als Dein Leben endete. Das blühende Leben umgibt mich, während meine Gedanken manchmal noch bei Dir sind und mein Verstand immer noch begreifen muss, dass Du nicht mehr hier bist.

Wenn ich von Dir erzähle, fallen Sonnenstrahlen in meine Seele. Mein Herz hält Dich gefangen, so als wärst Du nie gegangen.

24.November 2022

Jeder Moment. Jedes Leben. So vergänglich.

Ich gehe spazieren. Ich schiebe Deinen Bruder in seinem Gefährt vor mir her und freue mich, dass wir gemeinsam den Weg vor die Tür geschafft haben. Jetzt, wo die Tage kürzer und kälter werden, entwickelt er etwas Rückzugsverhalten. Mag nicht mehr so oft vor die Tür, fühlt sich zuhause wohler – so sagt er es mir auch.

Und so freue ich mich, dass wir beide die frische Herbstluft einatmen können und mit roten Bäckchen und kalten Nasen wieder nach Hause kommen werden. Auf dem Weg dorthin fährt das ein oder andere Auto vorbei. Dein Bruder trällert eine Melodie vor sich hin und es ist so schön, wie viel Freude er an Musik gefunden hat. Wie Du.

Da fährt ein Bestattungswagen an uns vorbei. Ich sehe das weiße Hemd und die schwarze Krawatte des Fahrers und nehme erst danach wahr, dass das Auto komplett schwarz mit dunkel getönten Scheiben ist. Sehr dezent, unauffällig und ohne Schriftzug.

Doch ich habe sofort gesehen, was es mit diesem Auto auf sich hat.

Erinnerungen kommen auf.

Weiße Hemden. Schwarze Krawatten. So begegnen uns die Bestattungshelfer. In ihrer gesamten Erscheinung unaufdringlich, reserviert, respektvoll und ruhig.

Ich denke an die Herren, die vor sieben Jahren zu uns nach Hause kamen. An diesem heißen Sommertag. Mit dem kleinen, weißen Sarg.

Nachdem ich Dich noch einmal gewaschen und Dir Deine Lieblingskleidung angezogen habe.

Nachdem ich sehen konnte, wie schnell das Leben aus Deinem kleinen Körper entwich. Wie schnell Du kalt wurdest. Wie sich Flecken gebildet haben. Wie unbeweglich und starr Du zwischenzeitlich wurdest. Dieser natürliche Ablauf des Todes war mir fachlich mehr als ein Begriff und so lange habe ich mich damit beschäftigt. In meiner Ausbildung hatte ich noch Berührungsängste mit verstorbenen Patienten. Mir wurde komisch.

Dann bist Du gestorben. Und nichts war mehr komisch für mich. Sondern völlig normal. Mit einer Selbstverständlichkeit kümmerte ich mich um Dich, als hätte ich es schon immer getan.

Ich brauchte das. Dich noch einmal zu versorgen, nachdem Dein physisches Leben beendet war. Um zu begreifen. Denn der Tod ist so oft unbegreiflich.

Ich spaziere weiter. Und sehe die Bilder vor meinem inneren Auge. Wie Du in diesem Sarg lagst. Im Arm Deinen Teddy. Deine Haut, die einer Porzellanpuppe glich. Dein Gesicht, als würdest Du nur friedlich schlafen.

Und dann warst Du weg. Ich sah den Bestattungswagen mit Dir wegfahren und brach innerlich zusammen.

Er ist weg. Er lebt nicht mehr. Wie soll ich das nur überleben?

Ich bin im Hier. Im Jetzt. Ich schiebe Deinen Bruder zum Spielplatz und höre ihn singen. Um uns herum zieht sich die Natur in die Ruhe zurück. Die Bäume verlieren mehr und mehr ihre Blätter.

Jeder Moment. Jedes Leben. So vergänglich.

Wir hasten innerlich und gedanklich oft schon zum nächsten Moment und genießen nicht den gegenwärtigen. Können uns nicht darauf einlassen, einfach zu sein – denn im Hinterkopf ist oft nur noch das To Do.

Ich höre Deinen Bruder singen. Ich atme die frische Luft ein. Ich bin dankbar für diesen Moment. So lebendig. So schön.

Und so vergänglich.

Ich habe es überlebt. Ich habe all das überlebt. Alles, was so schwer war und manchmal kaum auszuhalten. Denn am Ende war da immer die Gewissheit: Auch das Schwere vergeht wieder.

117

6.Juni 2023

In meinen Gedanken bist und
bleibst Du Dein kleines
dreijähriges Ich.

Heute kann es regnen, stürmen oder schnein', denn Du strahlst ja selber – denn Du bist der Sonnenschein. Heut' ist Dein Geburtstag, darum denk ich mir: All Deine Liebe bleibt noch weiter hier. All Deine Liebe bleibt noch weiter hier. Wie schön, dass Du geboren bist – doch wirst Du jetzt so sehr vermisst. Wie schade, dass wir nicht beisammen sind. Ich vermisse Dich so sehr, Geburtstagskind!

Mein liebes Kind, ich muss zugeben: Diese Zeit um Deinen Geburtstag ist eine Achterbahnfahrt der Gefühle. Da ist die Freude über den Geburtstag Deines kleinen Bruders. In den folgenden sechs Tagen bis zu dem Tag, an dem Du das Licht der Welt erblickt hast, mischen sich andere Gefühle mit hinzu. Denn auch wenn ich froh und dankbar bin, dass ich Dich zur Welt bringen durfte und Du hier warst – wir feiern diesen Tag ohne Dich. Einige Tage später folgt mein Geburtstag, der in den letzten Jahren eigentlich kaum noch Bedeutung für mich hat. Und dennoch freue ich mich darüber, wenn Menschen an diese Tage denken. Es bringt Wertschätzung zum Ausdruck und zeigt Verbundenheit.

Es ist so surreal, einen Geburtstag zu feiern von einem Menschen, der nicht mehr auf der Welt ist. Natürlich sage ich mir immer wieder, dass Du irgendwie noch hier bist. Ich erzählte Deinem Bruder von Deinem Geburtstag und dass Du nun elf Jahre werden würdest, wärst Du nicht gestorben. Wie viel er davon versteht, ist fraglich – aber ich möchte ihn Stück für Stück heranführen an dieses unbegreifliche Thema. Sofort war ihm klar, dass wir Dir etwas zu Deinem Grab bringen. Er verbindet Dein Grab, die Videos, die Fotos und die wenigen übriggebliebenen Spielsachen mit Dir. Wie es sich anfühlt, einen Bruder zu haben, kann ich ihm schwer vermitteln – denn Du lebst nur in Erzählungen und in Videoaufnahmen, die wir gemeinsam ansehen können.

Ganz oft denke ich an Dich. Immer mal wieder frage ich mich, wie das wohl so wäre, wärst Du noch am Leben. Wie wäre unser Leben weitergegangen, wie hättest Du Dich entwickelt. Da schwirrt die Fünf-Jahre-Krebsfrei-Grenze in meinem Kopf herum, auf die wir bei jeder Kontrolle in der Klinik hingefiebert und gebangt hätten. Da wären die Nachwirkungen Deiner intensiven Therapie gewesen, die unseren Alltag bestimmt hätten. Aber da wäre auch ganz viel Dankbarkeit und Glück darüber spürbar gewesen, dass Du lebst und all das überstanden hättest. Doch die Angst, es könnte irgendwann wieder losgehen, wäre ein ständiger Begleiter gewesen.

Hätte, wenn, vielleicht. Zeitverschwendung, eigentlich.

Dein Leben endete nur wenige Wochen nach Deinem dritten Geburtstag. Du bist nicht weiter gewachsen, auch nicht in meiner Vorstellung. Unvorstellbar, wie Du jetzt aussehen würdest. In meinen Gedanken bist und bleibst Du Dein kleines dreijähriges Ich. Und auch wenn Dein kleiner Bruder nun vier Jahre alt ist – bleibst Du eben der größere, der ältere Bruder. Wie ich es drehe oder wende – ich bekomme dabei immer einen Knoten im Kopf.

Vieles hat sich in den letzten Jahren in mir verändert. Lange Zeit konnte ich mich von vielen Dingen, die ich mit Dir verbinde, nicht trennen. Doch nach und nach spürte ich, dass Erinnerungen daran verblassen und es sich für mich nicht mehr gut anfühlte, so viel von Dir aufzuheben. Behutsam, Stück für Stück, ist Dein „Fundus" kleiner geworden und es fühlt sich gut an. Denn mir bleibt im Alltag mit Deinem Bruder nur selten Zeit, mir all das anzusehen und die Erinnerungen daran aufzufrischen. Und vielleicht muss ich das auch nicht. Erinnerungen verblassen irgendwann leider und schaffen Platz für Neues. Bevor Dein Bruder auf die Welt kam, wollte ich genau das vermeiden. Ich wollte mich an so viel, wie nur möglich, mit Dir erinnern können – denn wir können keine gemeinsamen neuen Erinnerungen schaffen. Doch in den letzten vier Jahren hat sich das alles verändert und es ist okay. Ich bin zutiefst dankbar für die vielen Fotos und Videos, die vor allem Dein Papa gemacht hat – ohne all das würden viele Momente in Vergessenheit geraten. Es macht mich immer traurig und glücklich zugleich – denn so sehr Dein Tod schmerzt, so sehr bin ich von Dankbarkeit erfüllt, das blühende Leben um mich haben und begleiten zu dürfen.

Mein Kind. Immer, wenn ich irgendwo Elvis höre, weiß ich, dass Du da bist. Und immer füllen sich dabei meine Augen mit Tränen, denn ich sehe Dich sofort vor mir. Mit Deiner kleinen blauen Gitarre. Deinem zarten, nachwachsenden Haar auf dem Kopf. Der Magensonde in der Nase, die von einem Herzpflaster gehalten wird. Wie Du da vorm Tablet stehst und Dir ganz genau anschaust, wie Elvis sich bewegt und es versuchst nachzuahmen. In einem winzigen Augenblick spielen sich Szenen vor meinem inneren Auge ab und der bittere Beigeschmack setzt ein – was Du in Deinem kurzen Leben alles ausgehalten hast. Und manchmal holt mich die Schuldfrage ein – ob ich diesen Krebs verursacht habe, ob ich Dir ein lebenswertes Leben trotz aller Strapazen ermöglicht habe.

Ja, wenn ich über Dich spreche, ist es nicht immer leicht. Für mich. Für andere. Da war ganz viel Leben, ganz viel Freude und so eine große Liebe für Dich. Die ist immer noch da. Und gleichzeitig reiht sich eben auch ganz viel Tiefe, ganz viel Schwere mit hinzu – denn ein Zuckerschlecken war Dein Krebs und alles drumherum nicht. Auch wenn es vergangen ist, vorbei und ich im Hier und Jetzt bin – manchmal holt es mich doch ein und ich denke ein wenig darüber nach, wie krass dieses Leben mit Dir war. Krass viel und krass schön. Genug für zwei Leben.

Heute wärst Du also elf Jahre alt geworden. Irre. Kaum zu glauben. Aber weißt Du was? Ich hole mal wieder diese Aufbackbrötchen und diese orangene Wurst, die Du so gerne gegessen hast. Ach und dann war da doch dieser Pudding mit den kleinen Butterkeksen, der immer gut ging. Was hast Du noch gerne getrunken? Stimmt, Bananensaft. Heute werden wir das alles mal wieder verzehren. Dein Bruder wird das auch probieren. Setzt Du Dich mit dazu? Wir hören Elvis. Zünden Kerzen an. Den Tisch wird eine lilane und eine orangene Blume schmücken. Das wird schön. Traurig-schön.

Danke, dass Du mich vor elf Jahren zum ersten Mal zur Mutter gemacht hast. Was wäre mir da nur alles entgangen. Heut´ ist Dein Geburtstag. Ich kann Dir nichts mehr wünschen. Außer Frieden. Und das Gefühl, dass Du meine niemals endende Liebe für Dich weiter spüren kannst.

14.August 2023

Ich war bei Deinem ersten und
bei Deinem letzten Atemzug
dabei.

Es verblasst immer mehr. Einiges rückt in den Hintergrund. Und ich wollte das doch nicht, so sehr ich auch wusste, dass es passieren würde.

Mein Himmelskind, die Erinnerungen an die Zeit mit Dir werden weniger. Bilder und Videos helfen mir dabei, das Erlebte mit Dir noch einmal ans Tageslicht zu holen. Aus dem Verborgenen. Aus der Schatzkiste. Es fühlt sich immer mehr an wie Bruchstücke, kurze Sequenzen aus Deinem viel zu kurzen Leben. Dann erinnert mich etwas im Jetzt an etwas von früher mit Dir. An etwas, das vorbei ist und nicht wieder kommt. Nicht weitergeht.

Denn vor acht Jahren endete Dein Leben. Acht Jahre? Moment. War das nicht gerade erst? Wann sind diese acht Jahre eigentlich passiert? Ein gefühlte Ewigkeit und dennoch gleichzeitig das Gefühl von einem Fingerschnips. Dieser Tag hat sich eingebrannt in meinen Körper. In meine Seele. Da ist etwas in meiner Brust, das ich nicht beschreiben kann. Wie ein Loch, das nicht zu füllen ist. Als hättest Du mit Deinem Tod etwas von mir mitgenommen und es ist nun für immer weg.

Wie Du. Für immer weg. Oder doch nicht so ganz? Es gibt sie noch, diese Momente. In denen ich das Gefühl habe, Du bist ganz nah und zeigst es mir. Wie kürzlich, bei der Autofahrt. Plötzlich lief Elvis im Radio und vor uns fuhr ein Auto aus den Niederlanden. Auf dem Kennzeichen Deine Initialen, Dein Geburtsdatum. Ich musste lächeln. Frag mich immer wieder, wie Du das machst. Aber ein Zufall kann's nicht sein.

Die Traurigkeit ist nicht mehr so oft präsent und manchmal denke ich, irgendwas stimmt nicht mit mir. Denn immerhin bist Du gestorben, an meiner Seite, nach schwerer Krankheit – mein Kind. Dich durfte ich in meinem Bauch spüren, Dich durfte ich nähren, tragen, begleiten. Dich habe ich leben und sterben sehen. Ich war bei Deinem ersten und bei Deinem letzten Atemzug dabei. Müsste ich nicht immer noch viel mehr und öfter traurig sein? Aber was ist da schon richtig oder normal? Richtig war es nicht, dass Du vor mir gegangen bist. Normal wird wohl sein, dass ich immer mal wieder sehr traurig deswegen sein werde und irgendwie auch jeden Tag ein kleines bisschen.

Irgendwie ist nicht mehr so viel Raum da zum Trauern. Dein kleiner Bruder, das pralle Leben, füllt den Tag aus. Füllt mich aus. Du wirst nicht vergessen, niemals. Jeden Tag schaust Du von

Deinem Foto am Kühlschrank dabei zu, wie ich für meine Familie koche. Du lächelst, hältst dieses Frühstücksei in der Hand und ich blicke jeden Tag in Deine blauen Augen. Diese schönen Augen, die vor acht Jahren für immer geschlossen wurden. Ist das wirklich passiert? Ich kann's manchmal immer noch nicht glauben. Wie der Alptraum, aus dem ich einfach nicht aufwache.

Ich bin Dir begegnet, im Traum. Auf einer Reise hin zu Dir. An diesem wunderschönen, friedlichen Ort durfte ich Dich wiedersehen. Du warst glücklich, Dir ging es gut. Du hast mir gesagt, dass ich glücklich sein soll und die Traurigkeit gehen darf. Das war vor über einem halben Jahr. Ich finde immer mehr Frieden mit Deinem Tod. Dass Dein Leben nur kurz war. Ich blicke anders auf das Leben, auf die Menschen – wie alles zusammenhängt, ob es wohl einer höheren Ordnung unterliegt. Aber weißt Du, nicht mit jedem kann ich darüber sprechen. Doch die Menschen, die dafür offen sind, wurden mir geschickt, haben meine Wege gekreuzt – und bereichern mein Leben auf eine ganz besondere Weise. Vielleicht hast Du da mitgewirkt, vielleicht auch nicht. Aber auch wenn Dein Tod für sich gesehen traurig und ungerecht ist, hat das Leben auch viele gute und schöne Seiten für mich eröffnet.

Mein Kind, wie mag das wohl sein, wenn man physisch nicht mehr da ist, aber auf eine andere Art doch noch in Verbindung zu den Hinterbliebenen steht? Immer mal wieder frage ich mich, wie Du gerade wohl in meiner Nähe bist. Ob ich Dich spüren kann. Und dann hoffe ich, dass Du es spüren kannst, wenn ich an Dich denke und dabei lächele.

Ich vermisse Dich. Ich vermisse den, der Du warst. Ich vermisse die Erinnerungen, die wir nicht mehr miteinander haben durften. Ich vermisse die Zukunft, die uns verwehrt geblieben ist. Ich vermisse es, Dich im Leben begleiten und ganz viel von Dir lernen zu dürfen – wie jetzt mit Deinem Bruder.

Heute vor acht Jahren endete Dein physisches Leben auf dieser Erde. Danke, dass ich Dich begleiten durfte durch all diese schweren Stunden von körperlichen Leid aber auch unsagbarer Freude – denn es machte mich stärker und weicher zugleich. Danke, dass ich mit Deinem Sterben und Deinem Tod das Leben noch einmal mehr begrüßen durfte – denn ich habe gesehen, wie schnell es vorbei sein kann. Dein kurzes Leben hat mir mehr Weisheit hinterlassen als so manch ein langes Leben.

Ich werde Dich nie vergessen. Vielleicht nur ein paar winzige Erinnerungsstücke an unsere gemeinsame Zeit. Nie aber das Gefühl, Dich auf meinem Schoß sitzen zu haben und in Deinem zarten blonden Haar zu schnuppern. Wie Du meine Haare durch Deine kleinen Finger drehst, um Dich zu beruhigen. Glaub mir – nicht nur Dich hat das beruhigt.

Ich vermisse Dich und das, was wir waren. Was wir hätten sein können. Mutter und Kind, gemeinsam am leben.

19.November 2023

Denn es kommt diese bittere Erkenntnis, dass Du wirklich tot bist.

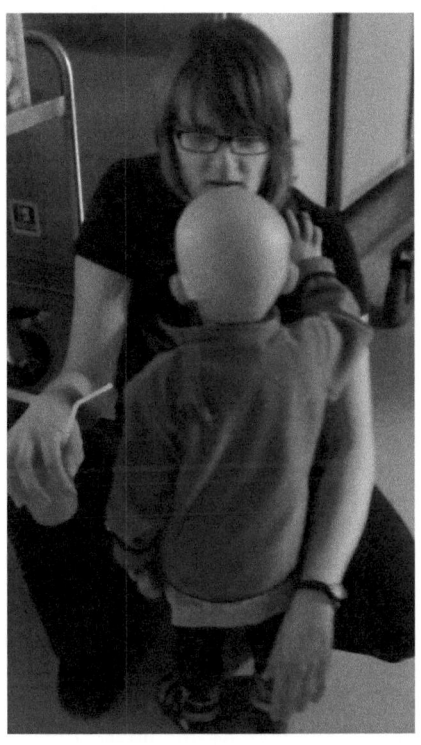

Dein Bruder drückt sein kleines, weiches Gesicht an meins. Unsere Wangen berühren sich. Die kleinen Arme legen sich um meinen Hals. Wir genießen diese Umarmung. Atmen durch. Tanken auf. Er richtet sich auf, spitzt seine Lippen und gibt mir einen Kuss. Wer hätte gedacht, dass diese Geste noch einmal ganz anders im Körper wirkt, wenn sie von einem kleinen Menschen kommt.

Mich überkommt tiefe Dankbarkeit. Mutter sein zu dürfen. Dass Dein kleiner Bruder so gesund ist, ich ihm beim Aufwachsen zusehen darf. Dass wir jeden Tag immer mehr miteinander sprechen und ich manchmal darüber staune, was in so einem Menschenkind mit viereinhalb Jahren vor sich gehen kann.

Denn ich weiß darum, wie es ist, all das zu verlieren.

Wenn diese kleine, zarte, warme Wange kalt wird und bleibt. Wenn die Arme sich nicht mehr regen und ich nicht wusste, dass es bereits die letzte Umarmung war. Wenn der Kuss keine Erwiderung mehr findet.

Ich sah, wie Du Dein halbes Leben mit Verbänden und Schläuchen verbunden warst. Ich sah, wie Du unter den hochtoxischen Medikamenten gelitten hast, die eigentlich Dein Leben retten sollten. Ich sah Dich sterben.

Das Schwere aus der gemeinsamen Zeit mit Dir rückt immer mehr in den Hintergrund. Wenn ich an Dich denke, dann war da auch ganz viel Leben! Freude, Humor, Liebe. Dankbare Momente der Leichtigkeit.

Dann kommen diese Momente im Jetzt.

Ein Lied. Ein Geruch. Ein Wort. Das Lachen Deines Bruders.

Und es erinnert mich schlagartig an Dich. Es schüttelt mich. Manchmal erschüttert es mich. Denn es kommt diese bittere Erkenntnis, dass Du wirklich tot bist. Dass wir das alles wirklich zusammen erlebt haben – diese ganze Krebstherapie, das Sterben.

Unbegreiflich, dass ich das überlebt habe, während Du einfach keine Chance hattest.

Es war Dein Weg und ich bin so ehrfürchtig, dass ich Dich dabei begleiten durfte.

Ach mein Kind, wie sehr ich das alles vermisse – Dich aufwachsen zu sehen, Deinen Gedanken lauschen zu dürfen, Dich in den Armen zu halten. Dein Bruder hätte so gerne mit Dir gespielt, das sagt er mir oft.

6.Dezember 2023

Die Weihnachtslichter
spiegelten sich in Deiner
glänzenden Kopfhaut.

140

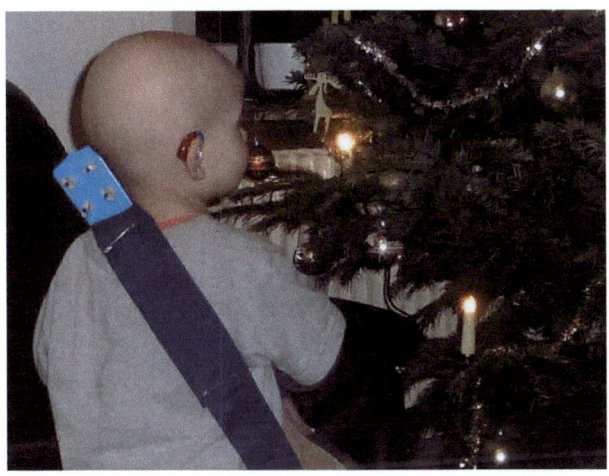

Und dann. Wie jedes Jahr. Weihnachtszeit.

Seitdem ich Mutter eines Himmelskindes bin. Gleichzeitigkeit.

Neben all der Freude und Dankbarkeit, gesellt sich auch Wehmut, Sehnsucht, Traurigkeit hinzu.

Du bist nicht mehr hier. Du kannst das alles nicht mehr mit Deinen Sinnen begreifen, ich kann nicht mehr in Deine leuchtenden Augen blicken und Dir eine Freude zu Weihnachten machen.

Jedes Jahr dieses tiefe Ausatmen: Das ist wirklich passiert. Vor neun Jahren saß ich jeden Tag an Deiner Seite und wir verbrachten die Weihnachtszeit in unserem zweiten Zuhause, zwischen Kurznarkosen, Bestrahlungen und Infusionen. Die Weihnachtslichter spiegelten sich in Deiner glänzenden Kopfhaut.

Neben Weihnachtsschokolade gab es Sondennahrung durch den Schlauch in der Nase.

Auch dort: Gleichzeitigkeit.

Dein kleiner Körper, abgekämpft durch wochenlange Chemotherapie, sollte wieder aufgebaut werden – während schon die nächste Station der Therapie lief. Es wird allgegenwärtig und immer wieder bin ich ein bisschen mitten drin, wenn ich die Weihnachtslichter sehe. Zwischen Jetzt und Damals. Im Herzen verbunden.

7.März 2024

Dieses Tagebuch hast Du
niemals lesen können.

144

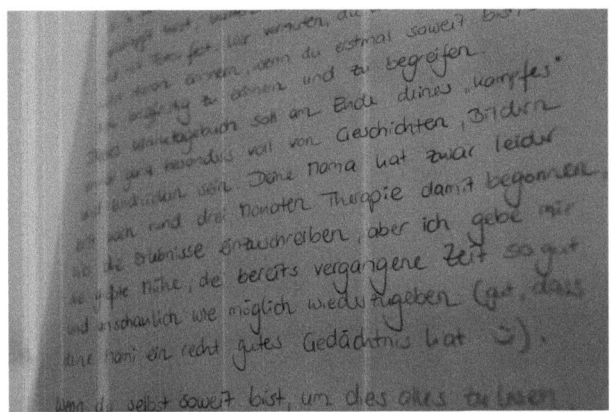

Der Wecker klingelt und ich schalte ihn aus. 07.März. 06:30Uhr.

An diesem Tag war doch etwas. Gestern schon dachte ich, dass der 06.März mich an etwas erinnert.

Vor einigen Wochen dachte ich daran, dass es im März diesen Jahres genau zehn Jahre her ist. Und als ich heute Morgen das Datum lese, ist alles wieder da.

Ich schaue noch einmal in meine Unterlagen. Öffne Fotos und finde heraus, wann sie aufgenommen wurden. Heute. Vor zehn Jahren. Als alles begann. Und sich in einem Moment unser komplettes Leben veränderte.

Ich schaue in das Kliniktagebuch, das ich damals begann für Dich zu schreiben. Ich wollte alles für Dich festhalten, damit Du später einmal auf etwas blicken könntest, was für Dich nicht mehr ganz so

145

präsent gewesen wäre. Du hättest Narben am Körper, Hörgeräte getragen und regelmäßige Kontrollen in der Onkologie mitgemacht – aber vielleicht nicht mehr genau gewusst, warum eigentlich.

Dieses Tagebuch hast Du niemals lesen können.

Zu dem Zeitpunkt, als ich begann, darin alles aufzuschreiben, lebte ich aber noch in der Hoffnung, dass Du es irgendwann einmal könntest.

Heute vor 10 Jahren begann ein Lebensabschnitt, der mich und mein Leben nachhaltig veränderte. Eine Zeit, auf die ich heute mit so viel Abstand schauen kann – und dennoch ist vieles davon immer wieder präsent. Ich schaue die Fotos aus dieser Zeit an und bin mitten drin. Ich blicke auf einen Abschnitt in meinem Leben, der gefühlt gerade eben erst war und doch schon so weit weg von mir ist. Mittlerweile sitze ich oft da und kann es einfach nicht fassen, dass das wirklich alles passiert sein soll.

Was bleibt: Dankbarkeit. Liebe. Stärke und Schwäche zugleich. Erinnerungen an Dich und eine Kindheit, die Kinder nicht haben sollten. Du warst, bei all den Strapazen, das pure Leben.

6.Juni 2024

Es ist nicht mehr. Dein Leben.
Unser Leben. Zusammen.

Mein Kind, kannst Du mich sehen? Wie ich hier ohne Dich weiterlebe? Eine Zeit lang nach Deinem Tod dachte ich, es würde auch mich nicht mehr lange geben. Es war kaum auszuhalten, dass Dein junges Leben so früh endete. Wie unfair und falsch sich das anfühlte, noch am Leben zu sein – während Du nach all den Strapazen der Krebsbehandlung nicht mal mit dem Leben belohnt wurdest. Ich wollte an so vielen Tagen nur eines: Bei Dir sein. Erlöst sein von dem unendlichen Schmerz der Trauer.

Doch ich bin noch da.

Mein Kind, kannst Du mich hören? Wenn ich in Gedanken zu Dir spreche? Wie oft sage ich Dir in meinen Gedanken, dass Du mir fehlst. Dass mir das fehlt, was wir waren – Mutter und Sohn. Am Leben. Lieben. Lachen. Trotz oder gerade wegen allem.

Ich lache. Und liebe. Ich lebe. Immer weiter. Ohne Dich. Doch reich beschenkt. Vom Leben.

Mein Kind. Vor zwölf Jahren hast Du mich zum ersten Mal zur Mutter gemacht. Es ist so lange her. Ich war jung. Dachte ich wäre bereit für dieses Mutterding. Hab es irgendwie geschafft. Mit Dir. Dank Dir. Wir wurden vor eine so große Aufgabe gestellt, auf die ich mich in keinster Weise vorbereiten konnte. Muttersein ist schon eine krasse Sache für sich. Mutter eines schwerkranken Kindes sein noch mehr.

Mein Kind. Ist das wirklich passiert? Da war noch Dein Dritter Geburtstag. Und dann war Dein Leben vorbei. Die Geburtstagskerzen ausgepustet und die Grabkerzen angezündet. Dein Licht war erloschen.

Kaum zu glauben. Du wärst jetzt zwölf Jahre alt. Da würde vermutlich die Pubertät bereits an die Tür klopfen. Wir würden über Themen sprechen, die Dich beschäftigen – denn glaube mir, es hätte mich alles interessiert.

Doch nun. Nichts. Keine Worte aus Deinem Mund. Keine Turnschuhe quer im Flur. Kein Schulrucksack voller Zettel mit Eselsohren. Keine coolen Klamotten eines Teenagers, die die Wäschekörbe füllen. Stattdessen ein Grab, das viel zu weit weg ist, um es *eben mal* zu besuchen.

Nur noch Erinnerungen.

Glücklicherweise Erinnerungen.

Dankbar bin ich, dass ich sie mit Dir sammeln durfte. Vieles bereits verblasst, doch kann ich es mit Fotos und Videos wieder auffrischen.

Ein völlig anderes Leben.

Jetzt bin ich hier.

Ohne Dich. Doch irgendwie mit Dir.

Denn ich bin jetzt hier, weil es Dich gab – aber nicht mehr gibt.

Wo wären wir, wärst Du noch da? Wo würden wir heute Deinen zwölften Geburtstag feiern? Keine Ahnung. Spekulation. Nicht mehr relevant. Denn es war. Es ist nicht mehr. Dein Leben. Unser Leben. Zusammen.

Es gibt von uns beiden nur noch mich. Mit Dir im Herzen. Du hast mich bewegt und geprägt. Alles was ich heute bin, hast Du mit angestoßen. Du hast mich beschenkt!

Mein Kind, jeder Himmelsgeburtstag mehr zeigt mir, dass der Raum immer kleiner wird, in dem ich mich Dir intensiver widmen kann. Ich bin mitten im Leben. Mehr und mehr im Jetzt. Habe eine Aufgabe, die mich ausfüllt – so ähnlich, wie einst mit Dir. Ich will es nicht werten, ob es gut oder schlecht, schön oder traurig ist, dass ich weniger an Dich denke.

Es *ist* einfach. Es ist das Leben. Etwas geht und macht Platz für etwas anderes. Dennoch ist Dein Platz nicht zu besetzen. Oder zu *ers*etzen. *Du* bist mein erstes Kind und wirst es immer sein. *Du* hast mir Weisheiten mit auf den Weg gegeben, wie kein anderer. *Du* bleibst in meiner Erinnerung, in meinem Herzen, als dieser kleine, wunderschöne Junge, dessen Augen vor lauter Freude strahlten, wenn er Bagger sehen konnte und dessen kleiner Körper rhythmisch zu Elvis tanzte. Deine kleinen, zarten Hände spüre ich noch heute so manches Mal in meinen Haaren, wenn ich daran denke, wie Du Dich dabei immer beruhigt hast.

Feierst Du heute mit Elvis, da wo Du jetzt bist? Werden Du und all die anderen kleinen Seelen, die viel zu früh gehen mussten, fröhlich zu *Blue Suede Shoes* tanzen? Und dazu gibt's Monte mit Mini-Butterkeksen und Bananensaft. Klingt nach einer tollen Sause!

Mein liebes Himmelskind. Heute feiere ich Dich und Dein viel zu kurzes Leben - das jedoch so viele Menschen bewegt hat. Du hast Spuren hinterlassen und heute ist wieder dieser besondere Tag, an dem ich Dich noch einmal ganz bewusst leuchten lasse.

Happy Birthday, *my lovin' Teddybear.*

14.August 2024

Irgendwas bleibt. Zwischen uns.
Das fühle ich.

.

Kürzlich holte ich die Flasche hervor, die sich nun schon seit über zehn Jahren in meinem Inventar befindet. Damals suchte ich nach einer Glasflasche, die langlebig und robust ist. Und siehe da: Sie ist noch da. Nahezu unversehrt, von leichten Gebrauchsspuren mal abgesehen.

Diese Flasche hat uns durch Deine Therapiezeit begleitet. Als irgendwann die Magensonde kam und ich Dich darüber immer wieder mit Flüssigkeit,

Medikamenten und in ganz schwierigen Zeiten mit Sondennahrung versorgen musste, war diese Flasche stets mit abgekochten Wasser befüllt.

Sie ist noch da.

Du nicht.

Es gibt noch einige Gegenstände hier, die einst Dir gehörten. Entweder in Deiner Schatzkiste verwahrt oder noch im täglichen Gebrauch. Es sind die greifbaren Reste aus einer Zeit, die immer weiter in den Hintergrund rückt. Zehn Jahre ist Deine Diagnose in diesem Jahr her. Neun Jahre Dein Tod.

In diesem Jahr habe ich mich gefragt, was ich wohl zu Deinem Todestag schreiben könnte. Denn irgendwie habe ich doch schon alles dazu gesagt, oder?

Da ist ganz viel Gleichzeitigkeit, wenn ich an Dich denke: Dankbarkeit für unsere gemeinsame Zeit, Vermissen der fehlenden Zukunft, Erleichterung über das Ende Deines Leidensweges. Es sagen immer alle, man solle sich an die schönen Zeiten erinnern.

Aber ist es nicht so, dass eben einfach alles sein darf?

Wenn ich Fotos von Dir ansehe und in Deine Augen blicke, dann schwingt da auch mal ein Stückchen Bauchweh mit. Weil nicht alles einfach war – während Deiner Therapie, mit Deinem Papa, nach Deinem Tod. Da kommt immer mal wieder der Knautsch in meinem Kopf, was wohl alles jetzt da wäre, wärst Du noch am Leben. Doch das führt zu nix.

Vor neun Jahren endete Dein kurzes Leben auf der Erde. Was Deine Seele wohl so macht? Hat sie nochmal eine Aufgabe hier? Das frage ich mich mittlerweile öfter. Seit Deinem Tod habe ich mich mit vielen Themen beschäftigt – um Erklärungen zu finden, um das Nach-dem-Tod für mich verständlicher zu machen. Denn so ganz konnte ich mich nicht damit zufrieden geben, dass Dein Leben einfach vorbei sein soll und alles mit Deinem Körper begraben wurde. Du bist noch da. Irgendwie. Das weiß ich. Zeichen bekomme ich weiterhin, hin und wieder. Mag für manche verrückt klingen. Mag für manche den Anschein erwecken, als könnte ich Dich nicht loslassen. Oh doch, losgelassen habe ich Dich, doch das Band zwischen liebenden Menschen besteht auch nach dem Tod. Irgendwas bleibt. Zwischen uns. Das fühle ich.

Der Sommer, in dem Du gestorben bist, war sehr heiß. Sobald sich heute der Asphalt aufheizt und die Sonne auf der Haut brennt, kommen nochmal vereinzelt Erinnerungen auf. Wie wir in Deinen letzten Wochen in die Tage hineinlebten, abends auf den Spielplatz gingen. Wie wir Shaun das Schaf und Elvis bis zum Umfallen schauten. Wie Dein Körper sich immer mehr vom Leben verabschiedete. Und irgendetwas in mir ging mit – ein kleines Stückchen Leichtigkeit und Lebensfreude.

Mein Kind, ich bin ehrlich. Es bleibt im Alltag nicht mehr viel Raum, um viel an Dich zu denken. Und mir geht's damit gut. Wo ich einst so etwas wie ein schlechtes Gewissen Dir gegenüber verspürte, weil mein Kopf voller Jetzt und Bald ist – kann ich nun mit ruhigem Gewissen sagen: So ist das Leben. Ein Kommen und Gehen. Dass Du gehen musstest und Dein Bruder kam; ihr nicht beide an meiner Seite sein könnt – das ist schon unfair. Doch Deine Seele hatte ihre Aufgabe, ihren Plan.

Ich möchte nicht mehr in den Gefühlen hängen bleiben, mit denen es mir schlecht geht, wenn ich an Dich denke. Dankbarkeit und Stolz über unseren gemeinsamen Weg überwiegen. Ich fühle mich immer geehrt, Deine Mama sein zu dürfen. Und bei all den Sorgen, die ich an Deiner Seite ausgestanden habe, während Du leiden musstest, bin ich nun froh, dass wir beide nicht mehr kämpfen müssen.

Mein liebes Kind. Ich vermisse Dich und das, was wir waren. Schick mir Doch mal wieder öfter ein Zeichen, darüber freue ich mich immer so sehr.

Nachwort

Mit den Jahren haben sich die Texte an mein Kind verändert. Die Gefühle, die Gedanken – alles hat sich irgendwie geordnet, gesetzt.

In meinen Texten wiederholen sich Gedanken und Worte. Je mehr Abstand zum Tod meines Sohnes entstand, desto mehr hat sich der Blickwinkel auf das Erlebte verrückt, Stück für Stück. Als hätte ich die Kamera des Lebens etwas anders aufgestellt.

Aber klar. Ich bin älter geworden. Reifer. Ich habe in den vergangenen Jahren vieles erlebt. Viele Erkenntnisse erlangt. Die Arbeit an mir selbst hat den Blick auf das Erlebte geformt.

Das Schreiben hat mir über die Jahre geholfen, die Trauer und die schweren Gefühle, die nach dem Tod meines Sohnes Raum einnahmen, ein Stück zu transformieren. Ich habe all das gefühlt. Zugelassen. Ausgehalten. Und es durfte immer weiter in den Hintergrund rücken. In Frieden. Denn nun, knapp zehn Jahre nach seinem Tod, überwiegt tatsächlich Dankbarkeit. Und Liebe.

Ich habe diese Texte noch einmal voller Demut gelesen und zusammengetragen. Ich bin froh und stolz, dass ich mir selbst durch das Schreiben der Texte über die Jahre geholfen habe: Anfangs, um zu *über*leben. Mit der Zeit um weiterzuleben.

Wenn Dein Kind stirbt, stirbt auch Deine Zukunft.
Ja, anfangs fühlte ich diese Worte. Bis in jede kleinste Zelle meines Körpers. Doch da war immer dieser kleine Funke in mir, der mich leben ließ. Der mich ins Vertrauen brachte, dass mein Leben noch lange

nicht vorbei ist und ich die Chance habe, aus all dem noch etwas Gutes zu machen. Dass ich wieder glücklich werde. Wenn ich all das Schwere und die Dunkelheit überwunden habe.

Und so stehe ich hier.

Ich bin noch da. Ich bin am Leben. Wie wundervoll ist das denn?

Meinem Sohn werde ich auch in der Zukunft noch weiterhin Texte widmen, die ich auf meinem Blog veröffentliche und von Herzen gerne mit Menschen teile.
Denn ich werde ihn auch weiterhin nicht verschweigen.
Schau doch gerne einmal auf *fein-fuehl-ich.blog* vorbei – ich würde mich freuen. ♥